그레이트 코리아

GREAT
그레이트 코리아
KOREA

1판 1쇄 찍음 2015년 7월 29일
1판 1쇄 펴냄 2015년 8월 3일

지은이 | 정사부
펴낸이 | 정 필
펴낸곳 | 도서출판 **뿔미디어**

편집장 | 이재권
기획 · 편집 | 윤영상

출판등록 | 2002년 9월 11일 (제1081-1-132호)
주소 | 경기도 부천시 원미구 소향로 17번길(두성프라자) 303호 (우)420-864
전화 | 032)651-6513 / 팩스 032)651-6094
E-mail | bbulmedia@hanmail.net
홈페이지 | http://bbulmedia.com

값 8,000원

ISBN 979-11-315-6626-8 04810
ISBN 979-11-315-6125-6 04810 (세트)

contents

1. 과열되는 동북아시아   ··7

2. 탄도 미사일 방어 체계   ··43

3. 발전소의 비밀   ··79

4. 대한민국 최초의 항공모함   ··113

5. 추석 연휴   ··157

6. 중국의 음모   ··193

7. 불안한 한반도   ··231

8. 대통령과의 면담   ··269

1.
과열되는 동북아시아

미 국무부장관 리노 레이놀즈의 방한이 있고 대한민국은 미국과 엄청난 규모의 방위산업 부문 계약을 발표하였다.

공군의 전력 강화를 위한 몇 번의 국산 전투기 사업 실패로 인해 아직도 한참이 지난 F—5프리덤 파이터와 F—4팬텀, F—16파이팅 펠콘의 대체 기종을 선정하지 못했다.

일부 사람들은 공군이 F—16을 대체한다고 하면 이상하게 생각하는데, 물론 F—16은 좋은 전투기가 맞다.

하지만 F—16이라고 다 같은 전투기가 아니다.

자동차에도 연식에 따라 성능이 바뀌듯 모델이 같다고 같은 물건이 아닌 것이다.

한국이 보유한 F—16은 말 그대로 미국이 수출한 초기 모델의 기본형 F—16이었다.

이는 한국이 라이센스를 취득해 국내 생산한 KF—16과 는 엄연히 성능이 차이가 나는 기종.

하지만 이 KF—16도 한국의 주변국들이 운용하는 전투 기를 들여다본다면 안타까울 수밖에 없다.

중국은 이미 자체적으로 전투기를 생산하는 정도가 아니 라 스텔스 전투기를 개발하여 운용 중에 있다.

그리고 가깝고도 먼 나라인 일본 같은 경우에는 F—16보 다 상위 기종인 F—15J을 운용하고 있으며 스텔스 전투기 인 F—35와 얼마 전 개발이 완료된 F—3 심신(心神)의 생 산에 들어갔다.

그런데 대한민국은 아직도 스텔스기는 차지하고도 1970 년대에 개발된 전투기가 주력인 것이다.

이런 시기에 정부 대변인은 이번에 공군 전력 향상을 위 해 레이놀즈 국무장관과의 협상에서 보잉의 F/A—18E/F 를 200대를 들여오는 데 협의를 마쳤다고 발표를 하였다.

최신예기는 아니지만 기술 이전과 라이센스 취득까지 하 는 엄청난 계약이었다.

사실 슈퍼호넷 같은 경우 아직도 미 해군에서 주력으로

운용 중인 전투기였고 계속해서 성능 개량이 진행되고 있었다.

이런 한국 정부의 발표에 중국과 일본은 우려의 뜻을 나타냈다.

그리고 그건 대한민국을 둘러싼 주변국만 그런 것이 아니라 한국 내 일부 정치인들도 정부의 이번 발표를 크게 우려하였다.

대한민국이 공군의 전력을 향상시키기 위해 노후 기종 교체에 들어가는 것을, 외국은 군사력 확충을 위한 것으로 생각했다.

동북아시아에 다시 과잉된 국방비 경쟁이 일어나는 것은 아닌가, 하는 생각 때문이다.

가뜩이나 대한민국은 몇 번의 대통령 선출에 실패를 하여 경제가 후퇴를 하였다.

물론 어느 대통령도 나라 경제를 파탄을 내려고 하는 대통령은 없었을 것이지만 결과적으로 그들의 정책은 실패를 하고, 나라 경제가 파탄이었다.

그 때문인지 일부 정치인들은 군사력 확충보다 나라 경제 살리기를 우선해야 하야 한다는 주장을 폈다.

그렇지만 날로 심각해지는 남북 관계와 북한의 도발 때문이라도 국방력 강화는 물론, 공군 전력의 증강은 절실했기에 국민들은 이런 발표에 그저 지켜보자는 입장이었다.

그리고 일부 국방에 관심이 있는 국민들은 대한민국도 주변국처럼 스텔스 전투기를 도입했어야 한다는 소리도 있었다.

아무튼 대한민국의 전투기 교체 문제로 한동안 언론이 시끄러워졌다.

"이런 약속을 잡아 놓고 내가 좀 늦었네."

김세진 국정원장은 방으로 들어오며 먼저 와 있는 수한에게 그렇게 말하였다.

"아닙니다."

방으로 들어서며 말을 하는 국정원장의 말에 수한은 아니라는 대답으로 응수하며 그를 맞았다.

"일단 앉아서 이야기하지."

두 사람은 마주 보며 자리에 앉았다.

두 사람이 자리에 앉자 다시 방문이 열리며 상이 들어왔다.

"더 시키실 일 있으시면 부르세요."

"알았으니 마담은 나중에 들어오도록 해."

"알겠습니다. 그럼 좋은 시간 되십시오."

방에 들어왔던 마담이 나가고 방에는 수한과 김세진 국정원장이 남았다.

"그런데 말이네……."

연배는 김세진 국정원장이 한참이나 위였지만 수한에게 함부로 대할 수 없는 뭔가를 느꼈기에 조심스럽게 말을 꺼냈다.

"무엇 때문에 협상에서 굳이 슈퍼호넷을 지명한 것인가?"

김세진 국정원장은 정말이지 그것이 궁금했다.

그가 리노 레이놀즈 국무장관과 협상에서 최신 스텔스 전투기가 아닌 슈퍼호넷을 요구한 것은 전적으로 수한이 그것을 원했기 때문이다.

김세진의 마음 같아서는 미국이 이번에 외국 수출 품목에서 제안을 푼 세계 최강 전투기 F—22랩터를 주문하고 싶었다.

물론 그렇게 된다면 이번에 구매 계약을 한 슈퍼호넷 200대에서 수량이 확 줄어들 것이었다.

그리고 기술 이전 문제도 아마 없었을 것이지만 말이다.

하지만 이는 수한이 많은 생각을 하고 고심 끝에 최선의 선택을 한 것이다.

이는 미국이 들어줄 수 있는 한계를 정확이 계산을 하여 기종을 선정한 것으로, 미국은 그동안 외국 수출 품목에서 제외했던 F—22를 외국에 판매하기로 하였다.

물론 자국 공군에 납품하는 것보다 다운그레이드 된 초기 기종일 것이고, 레이더나 각종 센서들도 구형의 것을 채택해 수출할 것이 분명했다.

조금 전에도 언급을 했듯 같은 모델명이라고 동급의 성능을 내는 것이 아니기에 굳이 그런 전투기를 비싼 가격에 사올 필요가 없다는 것이 수한의 생각이다.

더욱이 성능이 다운 되었다고 해서 미국이 F—22의 가격도 낮춰 파는 것은 아니다.

오히려 그동안 금수품목으로 지정했기에 손해가 났던 부분을 만회하려고 더욱 비싸게 팔 것이 분명했다.

그렇게 된다면 대한민국이 F—22을 구매를 하더라도 많은 수량을 구매할 수 없을뿐더러, 그것은 대한민국 정부가 내세운 구형 기종의 전투기 대체를 위한 명분이 어긋나게 된다.

그러면 당연 중국이나 일본처럼 한국의 주변에 있는 나라들이 반발할 것이 분명했으며, 그 나라들과 친하게 지내는 한국의 정치인들은 입을 모아 현 정부를 비판하고 나설 것이다.

정말이지 정치인들이 어느 나라 정치인들인지 분간이 안 가는 부분이다.

어찌 되었든 그런 예상이 되기에 수한은 이번 기회에 대한민국 공군력 향상과 전투기 개발 기술을 획득하기 위해 약간의 손해를 감수하기로 결정을 하고 이런 계획을 세웠다.

공군의 노후 기종 교체를 명분으로 내세웠으니 당연 새로운 전투기를 구매해야 하는데, 이때 가장 좋은 것은 당연 F—22이전 세계 최강으로 불리던 F—15다.

대한민국의 주력전투기인 F—15K가 있으니 같은 기종으로 구매를 하는 게 가장 좋은 것이다. 이때 전투기를 구매하는 애초 계획인 기술 획득이란 측면에서 보잉은 절대로 F—15와 관련된 기술은 전수해 주지 않으려고 할 것이 분명했다.

비록 F—15의 생산 라인이 부분 폐쇄를 하기는 하였지만 기술을 외국에 공개하기는 어려울 것이 분명했다.

아니, 보잉이 돈을 받고 이전을 하고 싶어도 미 의회에서 그것을 막을 터이다.

그러니 F—15도 한국의 입장에선 별로 맞지 않았다.

그렇게 보면 F—15에도 그리 밀리지 않으면서 기술 이전을 할 수 있는 기종이 있었다.

그것이 바로 F/A—18E/F 슈퍼호넷인 것이다.

슈퍼호넷은 애초 F—18의 한계점을 넘어 작전 영역과 폭장력을 얻기 위해 새롭게 계발된 기종이다.

F—18호넷과 모양이 비슷하기는 하지만 더 커지고 그 안에 들어가는 전자장비는 보다 최신형으로 교체가 되었다.

그 말은 F—14톰캣의 지원기 개념으로 개발되었던 F—18은 높은 유지비용이 든다.

때문에 F—14톰캣이 퇴역하는 입장에서 해군은 톰캣을 대신할 전투기가 필요해지게 되는데, F—18은 해군의 요구 성능에 미달되는 전투기.

좋은 전투기인 것은 알지만 해군 작전에 부족한 전투기를 가지고만 작전을 할 수 없었던 해군은 새로운 기종이 필요했고 이런 해군의 요구를 충족시킨 것이 바로 F/A—18E/F 슈퍼호넷인 것이다.

적절한 유지비와 F—18과 같은 유지비 해군의 입장에서는 가장 좋은 선택인 것이다.

수한도 이런 슈퍼호넷의 성능과 보잉의 이익 그리고 미의회의 반응 등 모든 것을 종합해 본 결과 대한민국에 최선의 선택이 되었다.

그리고 미국도 이런 수한의 예상대로 슈퍼호넷을 한국에 팔고 또 기술 이전 하는 데 동의하였다.

그런데 현 시대는 각국의 전투기들에 레이더에 안 보이는 스텔스 성능을 요구하고 있으며 대한민국 공군도 이를 적극 원하고 있었다.

대한민국 정부의 최선의 선택이기는 했지만 대한민국 공군은 최신기종인 F—22나 F—35같은 스텔스 전투기를 원했다.

하지만 공군이 원하고 있다고 해서 대한민국 정부가 그것을 들어줄 수 있는 입장이 아니었다.

이번 전투기 구매는 전적으로 수한과 천하 그룹이 손해를 감수하고 나라를 위해 희생을 했기에 만들어진 기회다.

윤재인 대통령은 반발하는 일부 공군 장교들을 이해시키기 위해 공군사령부를 방문하기도 했다.

그리고 지금 김세진 국정원장은 수한에게 무엇 때문에 슈퍼호넷을 선정했는지 이유를 물어보는 것이기도 했다.

"뭐 그것을 알려 드리는 것은 별거 아니지만 비밀은 지켜 주십시오."

수한은 오늘 김세진 국정원장이 자신을 찾은 것을 어느

정도 짐작하고 있었기에 가볍게 대답을 해 주었다.

"원장님도 예상을 했을 듯한데, 저희는 이미 스텔스 기술을 완성했습니다. SA에 보급할 파워슈트에 이미 그 기술이 들어가 있습니다."

수한이 파워슈트를 언급하자 김세진 국정원장은 그제야 뭔가 생각나는 것이 있었는지 눈이 커졌다.

'맞아! 플라즈마 실드 발생 장치 수송 중 습격 받았을 때 사태를 수습한 것이 바로 정 박사가 대주주로 있는 라이프 메디텍의 보안대라 했었지.'

김세진 국정원장은 한 달 전, 파주에서 벌어졌던 플라즈마 실드 발생 장치 탈취 미수 사건을 보고받을 당시 국정원 담당자에게서 라이프 메디텍의 보안대가 입고 있던 파워슈트에 대해서도 들었다.

그런데 지금 수한의 이야기를 들어 보니 천하 컨소시엄에서는 스텔스 기술뿐 아니라 육안에도 띄지 않는 클로킹 기술을 획득했다는 소리였다.

분명 국정원 직원에게서 보고를 받기로 라이프 메디텍의 보안대가 갑자기 나타났다고 했었다.

마치 영화 '프레데터'에 나오는 외계인 사냥꾼처럼 나타났다가 상황을 정리하고 사라졌다고 했다.

그런데 그게 정말이라면 대한민국은 엄청난 기술을 가지고 있는 것이었다.

스텔스라는 것은 안 보이는 것이 아니라 그저 레이더에 아주 작은 크기로 포착되기에 관측병이 그것을 전투기로 인지하지 않고 동일한 크기로 포착되기에 전투기라 인식하지 못하는 것이다.

하지만 방금 전 수한의 말은 레이더 상에 작은 형태로도 포착이 되지 않으며 말 그대로 유령과 같은 형태가 된다는 소리였다.

그렇다면 대한민국 전투기를 수한이 정비하면 모두 완벽한 스텔스 전투기가 된다.

이는 세계 어느 나라와 전투를 하더라도 제공권을 장악할 수 있다는 것이었다.

그러니 김세진 국정원장이 놀라지 않을 수가 없었다.

정말로 그런 기술이 있다면 굳이 형편없는 스텔스 전투기를 비싼 돈을 주고 구매할 이유가 없었다.

스텔스 전투기는 레이더에 안 걸리기 위해 레이더 반사파를 줄이기 위한 형태를 갖추고 있다.

이런 이유로 외부에 어떤 무장도 하고 있지 않고 내부에 따로 무장 공간을 만들어 내부에 수납을 하고 있다.

그런데 수한이 말한 스텔스 기술은 그런 것이 필요가 없는 것이었다.

그러니 김세진 국정원장이 놀라지 않을 수 없었다.

육군의 신형전차 개발에서 알아봤지만 정수한 박사의 능력은 불가사의한 부분이었다.

그러면서 그는 수한의 신변 보호를 위해 요원을 파견해야 함을 절실히 느꼈다.

◈　　　◈　　　◈

김세진 국정원장은 수한과 이야기를 나누고 바로 청와대로 왔다.

그가 집으로 가지 않고 청와대로 온 것은 수한과 이야기를 대통령께 보고하기 위해서다.

오늘 김세진 국정원장이 수한을 만난 것은 전적으로 그가 주관하던 SA부대에 파워슈트를 보급하는 문제를 조율하기 이해서였다.

천하 컨소시엄에서 하는 연구로 바쁜 수한에게 최대한 빠른 시일에 파워슈트를 SA에 보급해 달라는 독촉과 함께 그 시기를 조율하기 위해 만든 자리였다.

그 자리에서 또 다른 궁금증인 대한민국 공군의 기종 교체로 슈퍼호넷을 지정한 이유에 대해서도 물어본 것뿐이다.

아무튼 그런 이유로 김세진은 수한과 이야기를 끝내고 퇴근이 아닌 청와대로 온 것이다.

"대통령께서 찾으십니다."

아직 대통령의 업무가 끝나지 않은 관계로 청와대에 도착을 했어도 대기를 하고 있던 김세진 국정원장에게 청와대 비서관이 다가와 말을 하였다.

비서의 말을 들은 김세진 국정원장은 자리에서 일어나 그를 따라갔다.

업무가 끝난 지 얼마 지나지 않은 윤재인 대통령은 집무실에서 그를 맞았다.

"어서 와요. 그래, 가셨던 일은 어떻게 되었습니까?"

윤재인 대통령은 자신의 집무실로 들어서는 김세진 국정원장의 인사도 받기 전에 먼저 말을 걸었다.

그런 대통령의 질문에 인사도 하기 전 김세진 국정원장은 질문에 대답을 할 수밖에 없었다.

"예, 부속을 주문하고 조립을 하려면 시간이 한 달 정도 걸린다고 합니다."

김세진 국정원장은 수한에게 들은 이야기 그대로 대통령

에게 보고를 하였다.

"그래요? 파워슈트를 만드는 데 한 달이라⋯⋯. 그 정도
밖에 걸리지 않는 것입니까?"

"네, SA부대원의 숫자가 적어 여섯 대를 만드는 데 그
정도면 충분하다고 합니다."

"잘되었네요."

"참! 그런데 정수한 박사가 이런 제안을 하였습니다."

김세진 국정원장은 이야기를 하던 중 대통령에게 수한이
했던 제안에 관하여 이야기 하였다.

"어떤 제안 말입니까?"

윤재인 대통령은 수한이 제안을 할 때마다 대한민국에 큰
이익이 되었다는 것을 상기하고 물어보았다.

대통령은 정대한 회장을 만났을 때를 기억했다. 얼마 전
레이놀즈 국무장관과 협상을 하기 전 그에게서 들었던 이야
기들을 생각하며 눈을 반짝였다.

"파워슈트를 지급하는 것도 지급하는 것이지만 그것을 적
응하기 위해선 SA라도 많은 훈련이 필요하다고 합니다. 그
래서 하는 말인데, SA부대원들을 라이프 메디텍 보안대와
합동 훈련을 실시하는 것이 어떻겠냐라는 제안을 받았습니
다."

"합동 훈련이요?"

윤재인 대통령은 김세진 국정원장의 이야기를 듣고 고개를 갸웃거렸다.

비록 라이프 메디텍의 보안대의 도움으로 큰 위기를 넘겼다고 하지만 그들은 민간인들이었다.

파워슈트라는 오버 테크놀로지로 인한 것이라 생각하고 있던 윤재인 대통령은 수한의 제안이 조금은 의문이었다.

"이야기를 들어 보니 라이프 메디텍의 보안대의 실력이 저희가 양성하고 있는 SA부대원에 결코 뒤지지 않는다고 합니다. 더욱이 그들의 출신이 북한의 특수부대 출신들이지 않습니까?"

김세진 국정원장은 수한이 한 제안이 결코 자신들에게 나쁘지만은 않다고 생각하였기에 부정적으로 생각하는 대통령을 설득하였다.

사실 윤재인 대통령도 처음 국정원장의 이야기를 들었을 때 바로 수락을 하고 싶은 마음이 없지는 않았다.

그렇지만 마음 한편으로 민간인이 한 제안을 아무런 의심 없이 성큼 받아들인다는 것이 못내 자존심이 흔들렸다.

그랬기에 짐짓 반대하는 반응을 보였던 것이다.

이것을 곡해한 김세진 국정원장이 대통령의 말을 받아 설득을 하려는 것이었고 말이다.

"그래요? 알겠습니다. 설마 정 박사가 나쁜 제안을 했겠습니까? 내 SA부대장에게는 그렇게 말해 놓겠습니다."

윤재인 대통령은 김세진 국정원장의 말에 마지못해 허락을 한다는 듯 그렇게 대답을 하였다.

그런 대통령의 모습에 대통령의 내심을 모르고 김세진 국정원장은 다행히 자신의 설득이 통했다고만 생각을 하고 안도의 한숨을 쉬었다.

'휴! 다행이다.'

김세진 국정원장은 '다행이다' 라는 생각을 하면서 또 다른 한편으로 국정원 직원 중에서도 SA부대처럼 훈련을 받았으면 하는 생각이 들었다.

'음, 우리 요원도 아니, 해외에 파견 나가는 요원들만이라도 그들과 따로 훈련을 하면 도움이 될 것도 같은데……'

SA부대가 수한의 제안으로 라이프 메디텍의 보안대와 비밀훈련을 한다고 생각을 하자 김세진 국정원장은 조금 안타까운 생각이 들었다.

해마다 이름 없이 사라지는 국정원 요원들이 생각났기 때문이다.

김세진은 수한에 대해 알면 알수록 뭔가 자신이 모르는 비밀이 더 있을 것만 같았다.

'우리도 CIA나 NNSA처럼 내부에 특수부를 설치하는 것은 어떨까?'

국정원 내에 CIA를 모방해 5국을 만들기는 했지만 솔직히 5국은 대통령 직속 특수부대인 SA처럼 아직까지 제대로 부서를 만들지 못하고 있었다.

그렇다 보니 그 활동도 미비했다.

그러니 SA가 라이프 메디텍의 보안대와 비밀훈련을 한다고 하니 욕심이 생기는 것이다.

'그래, 한번 언급이나 해 봐야겠군!'

김세진 국정원장은 이참에 국정원도 확실하게 계선을 해 볼 생각을 하였다.

국내 문제와 북한의 문제에 국한되던 것을 벗어나 중국과 일본의 특수부대가 한국에 침투해 비밀 작전을 한 것처럼 국정원도 특수부대를 양성해 비밀 작전을 하거나 SA부대와는 또 다른 의미의 보복을 할 수 있는 힘을 기르기로 작정을 한 것이다.

그리고 국정원이 그런 힘을 가질 수 있는 길은 수한의 도움을 받는 길뿐이란 생각을 하게 되었다.

커다란 실내 일단의 장년인들이 모여 회의를 하고 있었다.

이들은 중국을 움직이는 중국 정치국 상무위원회의 상무위원들로서 중국 최고 권력자들이다.

사실 이들 상무위원들이 모두 모이는 이런 자리는 일 년에 몇 차례 없는 아주 중요한 행사 때만 모인다. 그런데 이번 모임은 정말이지 이례적인 일로 모인 것이다.

"리창준 국무원 총리 이번 한국의 사태를 어떻게 했으면하나?"

국가 주석이자 공산당 총서기이며 군사위원회 주석인 중국 공산당 최고 권력자인 주진평은 차분한 음성으로 국무원 총리인 리창준에게 물었다.

총서기인 주진평의 질문에 리창준 총리가 대답을 하였다.

"한국이 이번에 미국으로부터 전투기를 들여온다고 하지만 그리 위협적이지는 않을 것으로 보입니다. 어차피 그들이 도입하려는 전투기는 스텔스 기능도 없는 기종이지 않습니까?"

리창준 총리는 한국이 미국으로부터 슈퍼호넷 전투기 200대를 구입하는 것에 별다른 위협을 느끼지 않는 것인지 차분하게 대답을 하였다.

확실히 슈퍼호넷이 좋은 전투기임에는 틀림이 없지만 2022년 중국은 말 많고 탈 많던 젠—20을 완성 후, 연말에는 젠—31까지 완성을 하였다.

미국의 전투기 개발 계획은 언제나 최고를 지향한다. 그렇다 보니 전투기의 생산 비용이 무척이나 높다.

그래서 생각한 것이 최고의 전투기와, 그것을 보조하는 즉 하이급 전투기와 로우급 전투기의 이원적인 방법을 취하고 있었다.

그 말이 무슨 말이냐 하면 최고 성능의 하이급 전투기를 개발하다 보니 제공권 장악에 필요한 전투기의 숫자가 너무도 많아 생산 비용이 예산을 초과하게 되었다.

이때 하이급 전투기를 적정 수량을 보유하고, 부족한 숫자는 그보다 조금은 성능이 떨어지는 보편적인 전투기를 개발하게 되었는데 이를 로우급이라 한다.

이때 세계 최강의 스텔스 전투기 F—22랩터가 하이급에 속하며 F—35라이트닝2로 불리는 전투기가 로우급에 해당한다.

이는 중국도 비슷한 전략을 쓰는데, 이때 하이급은 젠—20이고 로우급 전투기가 젠—31이다.

그런데 중국은 이 두 스텔스 전투기를 재작년에 완성을 시키고 양산에 들어갔다.

세계에서 미국, 러시아 다음으로 세 번째로 스텔스 전투기 개발에 성공을 한 나라가 바로 중국이다.

아직 숫자는 부족하지만 한국이 새롭게 슈퍼호넷 200대를 교체한다고 해서 스텔스 전투기를 가지고 있는 중국으로서는 그리 위협을 느낄 이유가 없는 것이다.

더욱이 한국이 전투기 200대를 바로 교체할 수 있는 것도 아니기에 그리 신경을 쓰지 않는 것이기도 하였다.

"한국은 우리 중국에 위협이 되지 않습니다. 문제라면 일본이 문제입니다."

"일본?"

리창준 총리는 이야기를 하다 말고 한국보다는 일본이 문제란 언급을 하였다.

"일본은 자체적으로 스텔스 전투기를 개발하고 있는데, 들어온 정보에 의하면 이미 개발 완료되었고 조만간 양산 체제에 들어간다고 합니다. 그러면서도 이번에 미국으로부터 F—35전투기를 50대를 구입하기로 하였습니다."

자리에 있던 상무위원들은 리창준 총리의 말에 고개를 끄덕였다.

더욱이 일본은 센카쿠(조어도)를 두고 영토 분쟁을 하는 나라가 아닌가.

그런 일본이 자체적으로 스텔스 전투기를 개발한 것뿐 아니라 미국의 로우급 스텔스 전투기인 F—35를 추가 구입을 한다고 하니 위협이 되는 것이다.

일본이 자국산 스텔스 전투기 외에 미국산 스텔스 전투기를 구매하려는 것은 아마도 자국산 스텔스 전투기의 양산이 되기까지 시일이 걸리니 그 시간을 줄이기 위해 F—35를 구매한 것으로 보였다.

물론 미국으로부터 F—35가 들어오기까지도 시간이 어느 정도 필요하겠지만, 100% 자국 스텔스 전투기가 생산되기를 기다리는 시간보다는 적게 걸릴 것이 분명했다.

"우리도 젠—20과 젠—31의 생산량을 더 늘리는 것이 좋지 않겠습니까?"

"그렇다면 젠—20과 젠—31 중 어느 것을 더 늘리는 것이 좋겠나?"

주진평은 전국 인민 대표 대회 상무위원회 회장인 장거장의 말에 그렇게 물었다.

젠—20은 하이급으로 생산 비용이 젠—31보다 높았다.

물론 크기가 크다 보니 무장 정도가 젠—31보다 많지만 그 차이는 크지 않았다.

더군다나 덩치가 크다 보니 스텔스 기능은 로우급인 젠—31보다 좋지 못했다.

한마디로 작전 반경과 항속 거리를 빼고 젠—20이 젠—31보다 좋은 점이 없었다.

"아무래도 젠—31이 좋지 않겠습니까? 들어가는 비용에 비해 젠—20은 생산 비용이 높아 수량을 원하는 만큼 충원할 수 없을 뿐 아니라 운용면에서도 젠—31이 활용하기 좋습니다."

확실히 장거장의 말처럼 젠—20보다는 젠—31이 운용면에서 월등했다.

더욱이 젠—31은 이륙 거리가 짧다 보니 항공모함에서도 운영이 가능했다.

중국은 라오닝호를 비롯한 항공모함 네 척을 보유하고 있으며 추가 건조중인 항공모함이 세 척이나 더 있었다.

그렇지만 항공모함 네 척에는 함상 전투기 보급이 완료되지 않았다.

이는 중국이 스텔스 전투기 젠—31를 개발 완료한 뒤 부족한 함상전투기를 젠—31로 대체하기 위해서다.

그런 계획을 세워 둔 중국인데 지금 장거장 상무위원은 부족한 함상전투기뿐 아니라 기존에 있던 함상전투기인 젠—15까지 모두 퇴역시키고, 항공모함의 모든 함재기를 스텔스 전투기인 젠—31로 교체하자는 말을 하는 것이다.

"예산은 충분한가?"

장거장 상무위원의 주장을 들은 주진평은 잠시 심사숙고를 하다 물었다.

국가주석이며 공산당 총서기에 군사위 주석인 주진평의 물음에 국무원 총리 리창준이 대답을 하였다.

"예산은 충분합니다. 다만 몇 가지 추진중인 사업을 중단을 해야 합니다."

리창준 총리의 대답에 주진평의 인상이 구겨졌다.

어떤 프로젝트가 중단되어야 하는지는 모르겠지만, 엉뚱한 일로 중국이 초강대국으로 가는 길목에 발목을 잡히는 것은 아닌지 걱정이 된 때문이다.

"급한 것이 아니면 잠시 보류하도록! 우선 조어도를 두고 분쟁을 하고 있는 일본이 공군 전력을 더욱 확충하는 것을 막기 위해선 장거장 상무위원의 주장대로 우리도 스텔스 전투기를 더욱 확보해야 할 필요가 있소."

주진평은 장거장의 말대로 일본이 스텔스 전투기를 확보하는 것은 위협으로 다가왔다.

그래서 그의 말에 힘을 실어 주게 되었다.

그리고 장거장의 주장대로 젠—31을 더욱 많이 생산을 한다면 그에게도 좋은 일이었다.

왜 그런가 하면 젠—31을 생산하는 심양비기공업 집단의 지분을 그가 가지고 있기 때문이다.

즉, 전투기를 생산하면 할수록 그의 주머니에 돈이 들어온다는 사실이다.

이익에 관해서는 아무리 그가 중국 최고 권력자라고 해도 함부로 할 수 있는 것이 아니다. 지금 상무위원 중 한 명이 자신의 주머니를 채워 주겠다 하고 있으니 기껍지 않을 수가 없었다.

중국의 상무위원들은 최고 권력자들이면서도 서로 상대를 언제나 견제를 해야 하기에 국가 주석이라도 쉽게 어떤 결정을 내릴 수가 없었다.

중국을 주도하는 3대계파인 공청단, 태자당, 상하이방 이 3계파 중 현재 권력을 잡고 있는 곳은 태자당이다.

그렇다고 태자당이 모든 권력을 쥐고 있는 것은 아니고, 상무위원을 구성하는 자리 중 네 개를 차지하고 있었기에 정국을 주도할 수 있는 것이다.

한국발로 전해진 동북아시아 군비 경쟁 속에서도 중국 권력자들은 각자 자신들의 권력을 확고히 하기 위해 서로를 견제하고 있었다.

◈　　◈　　◈

집값이 비싸기로 유명한 일본에 거대한 저택이 자리하고 있었다.

저택은 마치 시간이 정지해 있는 듯 무척이나 고풍스런 모습을 하고 있었다.

저택 내부에는 잘 가꿔진 정원도 있고, 또 무슨 용도인지 모르겠지만 커다란 빈터도 자리하고 있었다.

더욱이 배산임수(背山臨水)의 풍수지리를 따라 지은 건물인지 일본식 건물임에도 자연과 잘 어울리고 있었다.

다만 높게 솟은 천수각(天守閣)이 주변 풍경을 압도하는 모습이 저택주인의 위세를 느낄 수 있었다.

그런 저택의 깊은 심처 누군가 심각한 이야기를 하고 있었다.

"오카야마!"

"하이!"

"일을 실패했다고?"

다다미 바닥에 무릎을 꿇고 앉아 있던 오카야마 신이치신 일본총리는 아무런 대답을 하지 않고 그저 처분을 기다리는 듯 조용히 고개를 조아렸다.

그런 오카야마 총리의 모습에 그의 맞은편에 앉아 있는 산케다 다이고는 눈썹을 꿈틀거렸다.

오카야마 총리의 행동이 마음에 들지 않기 때문이다.

지금 이들은 현재 벌어지고 있는 동북아시아 정황과 일본 내 상황을 보고하기 위해 이곳에 불려 왔다.

일본 권력의 정점에 있는 총리와 집권당 간사장을 한꺼번에 불러들인 인물은 실내의 공간을 나눈 발 너머에 앉아 이들의 보고를 듣고 있었다.

그런데 뭐가 그리 마음에 들지 않는 것인지 아무런 억양도 없이 마치 기계의 작동 소리처럼 딱딱한 억양으로 묻고 있었다.

"저희의 준비가 미숙하여 작전을 실패하고 말았습니다. 할 말이 없습니다."

오카야마 총리는 그저 자신들의 준비 불찰로 작전이 실패했다는 말을 할 뿐이다.

솔직히 한국에서의 작전 실패에 대한 책임은 오카야마 총리에게 있는 것이 아니었다.

전임 총리 밑에 있던 NNSA의 수장인 사이고 다카모리의 잘못이었다.

그의 잘못으로 작전이 실패하면서 한국정부가 일본의 특수부대가 자국 내에서 비밀 작전을 했다는 것을 알게 되었다.

이 문제는 한일 양국의 외교 문제로 비화되었는데, 가뜩이나 2000년대 이후 일본 총리들의 야스쿠니 참배와 참의원들의 망언, 그리고 독도를 싼 영토분쟁으로 인해 양국은 동맹이라고 말을 할 수 있을지도 의심이 갈 정도로 감정이 좋지 못했다.

물론 그건 정부와 정치인들, 그리고 일부 극우주의자들로 인한 현상이었다.

그런데 이번에 일본의 특수부대가 한국의 전략물자를 탈취하기 위해 테러를 자행하다 미수로 그친 일로 인해 이제는 외교 단절을 해야 한다는 소리까지 나오고 있었다.

일본은 한국과 단절을 하는 것이 외교적으로 또 작전을 벌이던 닌자대 대원들이 생포된 일로 국제사회에서 고립이 될 수밖에 없었다.

동맹국에 특수부대를 파견해 비밀을 탈취해 오는 일은 세계적으로 빈번하게 일어나는 일이다.

다만 들켰을 때 그 파장이 크기에 최대한 조심을 하고 만약 실패했을 때 정체를 숨기기 위해 모두 옥쇄를 하였다.

그렇지 않는 이들을 처리하기 위해 CIA는 생포된 요원을 처리하기 위한 특수부대로 처리팀이 따로 운영한다.

물론 이번에는 일본의 닌자대뿐 아니라 중국의 흑검 그리고 CIA처리팀도 같이 생포가 되었지만 아무튼 그 문제로 총리가 물러나고 새롭게 오카야마가 총리가 되었다.

한국이 어떻게 알았는지 닌자대의 정체를 구체적으로 밝혀내는 바람에 일본으로써는 발뺌을 할 수도 없었기에 벌어진 일이다.

만약 그렇지 않았다면 일본은 끝까지 오리발을 내밀려고 했지만 이번에는 그렇지 못했다.

사실 한국정부가 닌자대의 정체를 밝혀낸 것은 전적으로 수한과 지킴이들의 정보력 때문이다.

다만 정체를 드러낼 수 없는 지킴이들이기에 CIA와 협상을 하였다.

함께 붙잡힌 처리팀을 풀어 주는 대신 닌자대와 흑검들에 대한 정보를 국정원이 넘겨받았다.

다 알고 있었지만 그래도 다른 나라들에게 한국의 정보력을 들키지 않기 위한 고육지책으로 그런 복잡한 작업과 약간의 손해를 감수하고 일을 꾸몄다.

그것은 정확하게 들어맞아 일본 정부, 한국 정부에서 어떻게 닌자대의 정체를 밝혀냈는지 의문하면서도 한국정부의 정보 수집 능력을 의심하지는 않았다.

아무튼 일본 신임 총리와 집권당 간사장을 불러들인 의문의 존재는 오카야마 총리의 대답을 듣고 잠시 침묵을 하다 다른 것을 물었다.

"그런데 굳이 미국의 전투기를 들여올 필요가 있었나?"

군 전략에 간해서 잘 알지 못하는 것인지 이번에 일본이 리노 레이놀즈 국무장관이 방일했을 때 한 몇 가지 협상에 대한 이야기를 꺼냈다.

일본은 리노 레이놀즈 국무장관이 한국을 방한해 한국정부에 대규모 전투기 판매에 대한 협상을 하였으며, 그 반대급부로 생산에 필요한 기술과 라이센스를 팔았다는 것을 알았다.

그뿐 아니라 한국은 대양해군을 꿈꾸며 항공모함까지 구입을 하였다는 것을 들었다.

일본은 한국군 전력 중 육군은 막강 하나 섬나라인 자국에 위협이 되지 않으며, 한국 해군이나 공군전력은 자신들이 월등하다는 판단에 신경을 쓰지 않고 있었다.

그렇지만 한국이 항공모함을 가지는 것은 또 다른 문제였다.

항공모함이란 것은 단순한 한 척의 배가 아니다.

충분히 전쟁의 향방을 바꿀 수 있는 변수가 될 수 있는 장비인 것이다.

비록 한국군이 일본에 비해 전투기 전력이 떨어진다고 해도 그들은 우수한 미사일 전력을 가지고 있기 때문이다.

즉, 플러스, 마이너스 해서 결과 값은 제로인 것이다.

그렇게 따지만 한국보다는 일본이 조금 더 손해라는 생각이 들었다.

그렇기 때문에 오카야마 총리나 일본정부 관료들은 자신들도 항공모함 전력을 높여야 한다는 생각에 함재기를 스텔스 전투기인 F—35로 결정하고 50대를 구매 계약을 한 것이다.

일본이 보유한 유일의 항공모함인 야마토(大和)의 함재기를 F—35로 교체를 함으로써 중국과의 영토 분쟁에 우선 투입을 한다는 계획이다.

사실 일본은 한국이 항공모함을 가지게 되는 것이 변수로 작용할 수는 있지만 그대로 걱정은 하지 않았다.

아무리 항공모함을 가지고 있다고 해도 함재기가 한국은 슈퍼호넷으로 스텔스 기능이 없었다.

그에 비해 야마토의 함재기는 스텔스 전투기인 F—35였으니 걱정이 없는 것이다.

다만 센카쿠를 두고 영토 분쟁을 하고 있는 중국만은 달랐다.

그들은 스텔스 전투기를 개발 완료하고 이미 2년 전부터 양산에 들어간 상태다.

더군다나 중국은 현재 네 척의 항공모함을 운영 중이며 세 척이 건조 중에 있었다.

함재기로도 스텔스 전투기인 젠—31을 개발해 양산하고 있으니 한국보단 중국이 일본에 더 위협적인 것이 맞았다.

물론 일본이 개발한 6세대 스텔스 전투기인 심신이 배치 완료가 되는 2028년이면 재래식 전력만으로는 중국에 밀리지 않을 자신이 있었다.

어차피 핵이라는 것은 함부로 사용할 수 있는 무기가 아니기에 충분히 대응 가능했다.

뭐 여차하면 자신들도 핵무기를 만들 수 있다.

그렇기에 일본은 자신들의 최고 난적은 중국이라 판단했

기에 보다 빠른 전력 향상을 위해 미국으로부터 스텔스 전투기인 F—35를 구입한 것이다.

이런 일본의 전략을 보고하는 오카야마의 이마에는 어느새 식은땀이 흐르고 있었다.

그만큼 그가 긴장을 하고 있다는 소리였다.

사실 이곳 저택의 주인은 무척이나 무서운 사람이었다.

그 태생부터 남다른 존재였다.

천왕이 일본의 살아 있는 신이라면 발 뒤에 있는 존재는 일본의 또 다른 신이었다.

대외적으로 일왕은 한 명이다. 그렇지만 일본 권력의 정점에 있는 존재들은 알고 있었다.

일본에 또 다른 일왕이 있음을 말이다.

아라가미(荒神). 거칠고 흉폭한 신. 일왕이 밝고 온화한 신의 모습이라면 이 아라가미는 신의 또 다른 모습인 것이다.

이런 아라가미의 존재를 아는 이도 일본 내 얼마 없었고, 또 정체를 알고 있는 이도 극소수일 뿐이다.

그저 황족 중 누군가라고만 인식할 뿐.

아무튼 오카야마 총리는 아라가미에게 향후 일본의 대응에 대하여 보고를 하면서도 긴장을 늦추지 않았다.

자신 이전 총리의 최후를 잘 알고 있기 때문이다.

일본의 이름을 먹칠한 그와, 전 NNSA수장 사이고 다카모리의 최후는 정말로 비참했다.

권력의 정점에 있던 그들은 아라카미의 명으로 마루타가 되어 자신들의 과오를 씻는 최후를 맞았다.

말이 좋아 과오를 씻었다고 표현한 것이지 마루타가 되어 그들에게 행해진 생체 실험은 정말로 끔찍 그 이상도 이하도 아니었다.

"그렇단 말이지? 그럼 조금 더 늘려라! 그리고 무사시와 시나노의 취역을 앞당겨라!"

은막 뒤에서 아라가미는 격앙된 말투로 2차 대전 당시 사상 최대의 전함인 야마토의 자매함들의 이름을 거론하며 지시를 내렸다.

확실히 이들은 2차 대전 당시 일본군이 사용하던 함선의 이름을 그대로 계승해 해군 군함명으로 사용 중이다.

일본의 유일 핵추진 항공모함(CVN—1)의 함명을 야마토로 하는 것만 봐도 이들이 2차 대전 당시 일본군을 어떻게 생각하는지 여실히 알 수 있었다.

대한민국이 미국으로부터 전투기와 항공모함을 사들이는 것으로 시작해, 일본과 중국도 그것을 핑계로 군 전력 확충에 힘을 쏟기 시작했다.

　이 모든 것이 그들만의 욕심을 숨기며 동북아시아를 중동에 이어 또 다른 화약고로 만들어 가고 있었다.

2.
탄도 미사일 방어 체계

화려한 네온 불빛이 불야성을 이루는 강남 압구정, 늦은 시간이지만 이곳은 이제야 활기를 띠기 시작하며 사람들의 모습이 삼삼오오 모여들기 시작했다.

넘쳐 나는 인파로 거리는 활기가 찼다.

그런 거리를 내려다보이는 전망 좋은 카페에 앉아 수한은 사람들을 구경하고 있었다.

평소에는 파주에 있는 천하 컨소시엄의 연구소나 아니면 성남 남한산성 인근에 위치한 라이프 메디텍의 연구소에서 연구만 하느라 이런 활기를 느낄 수도 없었을 것이다.

생활하는 곳이 연구소이다 보니 이런 활기찬 모습을 보기란 요원하였다.

그렇기에 오랜만에 저녁을 먹자고 연락을 한 루나의 전화가 무척이나 반가웠다.

나이는 자신보다 두 살이나 위였지만, 수한은 전생까지 기억을 하고 있었기에 정신 연령으로는 지구상에 자신을 능가할 이가 없다고 생각을 하였다.

물론 100세 이상 장수한 어른들이 있기는 하지만, 본인은 깨달음을 추구하는 마도사가 아닌가.

마도사의 경지까지 넘어서 위자드 마스터에 오르고, 이제는 자신만의 경지를 개척했다.

그런 수한이기에 정신연령으로는 자신을 능가할 사람이 없다고 자신하는 것이다.

'지금 내가 잘하고 있는 것인가?'

수한은 창밖의 거리를 지나는 사람들을 보며 문득 자신이 잘하고 있는 것인지 의문이 들었다.

환생 전, 그러니까 전생의 마지막 기억과 환생 후 겪은 인연으로 인해 자신이 태어난 조국의 국방을 강화하기 위해 갖가지 물건을 만들어 이바지 하여 왔다.

그러다 보니 자신은 거리의 사람들처럼 자신의 신간을 가져 본 것이 언제인지 자신의 행복을 위해 어떤 노력을 했는지 이런저런 생각을 하게 되었다.

그렇다고 지금까지 자신과 인연이 되어 의붓 할아버지가 되어 준 혜원의 소망을 들어주기 위해 노력한 것을 후회한다거나 부정하는 것은 아니었다.

다만 문득 루나를 기다리다 창밖의 거리에 다니는 사람들을 보며 여유 없이 정진하여 달려온 것에 대한 생각이 떠오른 것뿐이다.

한번 그런 생각이 들자 수한의 머릿속으로 그동안 자신이 걸어온 인생이 파노라마처럼 떠올랐다.

환생을 하고, 처음 본 어린 시절 누나의 얼굴이나, 한없이 자애로운 얼굴로 자신을 살피던 어머니, 언제나 근엄한 듯하지만 자신과 단둘이 있을 때면 갖은 우스운 표정으로 자신의 미소를 보려고 하시던 아버지, 생명의 위협 속에서도 아기인 자신을 끝까지 포기하지 않고 도피를 한 의붓어머니의 얼굴, 그리고 말도 되지 않는 꿈 이야기를 들먹이며 자신을 훈육하시던 의붓 할아버지 혜원의 얼굴이 떠올랐다.

전생에 단 한 번도 느껴 보지 못한 가족의 사랑이란 감정을 가지게 해 준 무척이나 소중한 이들이다.

이들의 안전과 꿈을 지켜 주고 싶은 마음에 그들의 뜻대로 공부를 하였다.

솔직히 이곳의 공부도 큰 힘이 되겠지만 자신의 진정한 힘을 보인다면 자신의 목표를 더욱 빠르게 이룩할 수 있음을 잘 알고 있다.

그렇지만 그렇게 하지 않는 이유는 자신이 가진 마법이란 힘을 이곳의 사람들은 이해를 하지 못하기 때문이다.

인간은 많은 장점을 가진 생물.

불쌍한 사람을 보면 도우려는 마음이나 위험에 처한 사람을 보면 자신의 생명을 던져서라도 구하려는 마음 등 인간의 선한 모습은 이 세상 그 무엇보다도 아름다운 모습이다.

그렇지만 인간은 그런 선한 모습만 있는 것은 아니다.

갓난아기를 납치해 자신들의 목적을 위해 세뇌를 하려던 일신학원의 원장과, 그런 자들을 후원하던 일신그룹과 같이 자신과 집단의 이익을 위해서라면 어떤 희생도 감수하려는 파렴치한 모습도 있다.

선과 악, 전생에서도 그렇고 이곳 현생에서도 인간은 다르지 않았다.

차원이 달라졌어도 인간의 본성은 다르지 않은가 보다.

전생의 이케아에서도 전쟁이 벌어진 원인은 다른 것이 없었다.

이기적인 이윤 추구로 인해 벌어진 일이었다.

수한의 전생인 제로미스가 몸담고 있었던 로메로 왕국이 대륙적으로 흉년이 든 시기에 조금 더 이득을 보기 위해 식량을 매점매석을 했기 때문에 발발한 전쟁이었다.

원칙대로라면 많은 식량을 가지고 있고, 또 풍족한 재원으로 강력한 군사력을 가지고 있어야 할 로메로 왕국은 그 내부적으로도 개인주의와 황금만능 사상이 퍼져 있었다.

몇 년간 대륙에 불어닥친 가뭄으로 인해 흉년이 계속된 것에서 비롯된 로메로 왕국에게 겉으로 부를 가져다주었을지 모르지만 정신적으로는 물질만능 사상을 가지게 되었다.

그랬기에 이웃 나라에서 가뭄으로 인해 사람이 기아로 죽어 가도 식량을 매점매석 하여 가격을 더욱 올린 것이 아닌가.

그랬기에 로메로 왕국 외의 나라들은 생존을 위해 자신들과 비슷한 처지에 있는 나라를 침공하여 식량을 확보하려 하였다.

이렇게 생존을 위한 전쟁이 발발했는데도 로메로 왕국은 정신을 차리지 못하고 전쟁이란 이유로 더욱 식량의 가격을 올렸다.

전쟁 초기에는 이로 인해 많은 부를 이룩할 수 있었지만 전쟁 막바지에는 그것이 부메랑이 되어 그들에게 돌아오게 되었다.

오랜 전쟁으로 많은 나라를 정복한 샤만 왕국은 제국을 선포하고 풍부한 자원이 있는 로메로 왕국을 침공하였다.

식량을 이용해 쌓았던 부는 로메로 왕국을 위아래 할 것 없이 썩게 만들었다.

전쟁광이 된 샤만 제국의 병사들은 이런 로메로 왕국을 추풍낙엽처럼 쓰러지게 만들었다.

그러는 와중 권력의 핵심에 있던 귀족과 근위기사단이 배신을 하면서 로메로 왕국은 최후를 맞았고, 왕자들과 왕족들이 최후의 순간 탈출을 할 때 제로미스 역시 죽음을 맞았다.

다행이라면 왕족들을 탈출시킬 때, 드래곤이 만든 것으로 짐작되는 텔레포트 마법진을 살피게 되어 깨달음을 얻었다.

그 때문인지 제로미스는 이곳 지구에서 환생을 하게 되었다.

아무튼 현생은 물론이고 전생의 기억까지 모두 되돌아보던 수한은 순간 머릿속이 환하게 맑아지는 느낌을 받았다.

뭔가 깨달음이 있는 것이 있기는 하지만 그것이 무엇인지는 확실하지는 않았다.

깨달음으로 인해 경지가 오른 것은 아니나 그 깊이만은

더욱 완숙해졌다.

"아!"

자신도 모르게 짧은 감탄사가 흘러나왔다.

"무슨 일이야?"

수한이 깨달음으로 인해 감탄사를 하고 있을 때 그의 뒤에서 낭랑한 목소리가 들렸다.

"누나 어서 와!"

수한이 뒤를 돌아보니 그곳에는 언제 도착을 했는지 루나가 서 있었다.

"무슨 일인데 그러고 있던 거야?"

루나는 수한의 말에 자리에 앉으며 계속해서 물었다.

수한의 표정이 너무도 밝고 보기 좋았기 때문에 뭔가 기분 좋은 일이 있나 싶은 생각에 질문을 한 것이다.

"아, 별거 아냐! 궁리하고 있던 것이 해결이 되어서 그래."

"아!"

수한은 자신이 대답을 하지 않으면 루나가 계속해서 질문을 할 것을 잘 알기에 그냥 대답을 하였다.

그런 수한의 대답에 루나도 뭔가 느끼는 것이 있었는지 가볍게 반응을 하고 더 이상 그것에 관해서 관심을 끊었다.

솔직히 조금 궁금하기는 하지만, 굳이 그것이 아니더라도 수한과 할 이야기는 너무도 많았다.

이렇게 단둘이 만나는 것이 정말로 얼마만인지 루나는 지금 너무도 기분이 좋았다.

몇 달 전 생일 파티에서 마음을 고백하고 나이를 떠나 사귀게 되었다.

그날 정말이지 그 일만 아니었으면 확실하게 수한을 자신의 남자로 만들 수도 있었다고 생각을 하는 루나는 수한을 볼 때면 아쉬움이 컸다.

비록 사귀기로 하였지만 아직도 수한을 두고 수빈이나 예빈과 아직도 경쟁 중이다.

자신의 신분이 아이돌이란 것 때문에 공식적으로 사귀고 있는 것을 발표를 하지 못했다.

회사가 그런 것을 통제하는 것은 아니지만 아이돌이란 직업을 가지게 된 것이 죄였다.

아이돌이 이성을 사귄다는 것은 아직도 팬들 사이에선 금기였다.

자신만의 스타가 다른 이성을 사귀는 것은 천인공노할 대역죄가 되고 마는 것이다.

이는 루나 개인만 해당하는 것이 아니라 그녀가 속한 파이브돌스 전원에게 민폐를 끼치는 일이기에 어쩔 수 없었다.

이런 관계로 루나가 수한과 사귀게 되었어도 수한을 좋아하는 수빈과 예빈은 계속해서 관심을 기울이며 루나를 견제하고 있었다.

그러니 그녀들 몰래 이렇게 수한과 단둘이 시간을 낸 것에 너무도 기쁜 루나다.

물론 이성을 사귀는 것을 들키지 않기 위해 변장을 하였다.

전에는 멤버들과 만났었기에 굳이 변장을 하지 않았지만 지금은 어쩔 수 없었다.

"오래 기다렸어?"

"아니, 금방 왔어. 참, 저녁 안 먹었지? 우리 뭐 먹을까?"

"응, 나 배고파! 컴백한다고 다이어트를 했더니 너무 힘들어!"

파이브돌스의 컴백이 코앞이라 지금이 아니면 언제 시간을 낼 수 있을지 모른다고 하도 졸랐기에 시간을 내 오늘 만나는 것이었다.

"그런데 내가 궁금한 것이 있는데 물어봐도 돼?"

"뭔데?"

루나는 수한의 말에 눈을 동그랗게 뜨며 물었다.

좋아하는 이성이 자신에게 궁금한 것이 있다고 말을 하는데 반응을 하지 않을 여자가 어디 있겠는가.

궁금한 것이 있다는 말은 자신에게 관심이 있다는 말인데 당연한 것이었다.

수한은 루나의 허락이 떨어지자 잠시 뜸을 들이다 궁금한 것을 물었다.

"누나들 몸무게가 얼마길래 다이어트를 하기 위해 굶어?"

수한의 질문은 남자들이라면 당연하게 생각하는 것이지만 여자들에게는 금기시 되는 질문이었다.

아무리 좋아하는 이성이 물어보는 질문이지만 여자인 루나로서는 쉽게 대답을 할 수 있는 것이 아니었다.

자신의 몸무게를 쉽게 이성에게 알려 준다는 것은 그 이성에게 관심이 없다는 것이다.

여자가 좋아하는 이성에게 쉽게 알려 주지 않는 이유는 자신의 몸무게가 공개됨으로써 그 이성이 자신을 뚱뚱하다 생각하면 어떻게 하나라는 생각 때문이다.

그런데 지금 수한이 자신에게 몸무게를 물어보자 이를 어떻게 대처를 해야 할지 몰라 당황한 루나는 아주 작은 목소리로 대답을 했다.

수한이 물어본 것이기에 대답을 하지 않을 수 없기 때문이다.

"으응, 47kg······."

"응? 47kg? 그럼 안 힘들어?"

보통 대부분의 여자들은 이성이 몸무게를 물어보면 자신의 몸무게가 어떻게 되든 45kg라고 대답을 한다.

"네가 준 영양제 너무 좋더라!"

루나는 수한이 다이어트가 너무 힘들지 않냐는 질문에 웃으며 그렇게 대답을 하였다.

사실 수한은 친누나인 수정을 포함한 파이브돌스 누나들이 잦은 해외 공연으로 지친 모습을 자주 보았다.

물론 자신을 만날 때면 지친 모습을 보이지 않기 위해 안간힘을 쓰는 것이 보이지만 위자드의 경지를 넘어선 수한의 눈에 숨긴다고 숨겨지는 것이 아니었다.

그렇다고 누나들 대신 행사를 뛰어 줄 수도 없는 일이고 뭔가 자신이 도와줄 것이 없는지 고민을 하다 그녀들의 건강이라도 지켜 주자는 생각에 약을 지어 주었다.

전생에 인간의 생명의 비밀을 연구하던 수한인지라 인간의 몸에 좋은 약을 많이 알고 있었다.

그것을 현생에 제약사를 운영하면서 조금씩 풀어놓고 있는데, 아직 비전으로 시중에 내놓지 않은 약을 만들어 수정과 파이브돌스 누나들과 수빈에게 전해 주었다.

물론 좋은 것은 언제나 부모님과 가족이 우선이었기에 가장 먼저 캄보디아에 있는 부모님과 양모인 최성희에게 보냈다.

아들에게 처음으로 보약을 받아 든 부모님들의 감동은 이루 말할 수 없었다.

아무튼 루나는 수한이 전해 준 보약을 영양제로 알고 요즘도 꾸준히 먹고 있었는데, 정말 신기하게도 아무리 피곤하거나 장거리 비행으로 컨디션이 엉망일 때에도 수한이 전해준 약만 먹으면 언제 그랬냐는 듯 컨디션이 최고조에 이르렀다.

처음에는 그런 파이브돌스의 보습에 매니저인 유한상이나 총괄매니저인 최한나는 파이브돌스가 혹시나 불법적인 약을 손대는 것은 아닌가 걱정을 했었다.

하지만 그녀들이 먹고 있는 약이 수한이 주인으로 있는 라이프 제약에서 나온 것이란 것을 알고 안심을 하였다.

파이브돌스가 먹는 약이 몸에 좋은 보약이란 것을 알고 개인적으로 부탁을 하여 몇몇 곳에 로비를 하기도 했었다.

최한나는 천하 엔터 차원에서 수한에게 구매의사를 타진하였는데, 수한은 이때 아직 파이브돌스에게 준 약을 시중에 풀 생각이 없었기에 정중히 거절을 했다.

사실 수한이 파이브돌스에게 준 약은 단순히 몸에 좋은 약이 아니라 약학이나 면역학을 알고 있는 학자들이 알게 된다면 난리가 날 신약이었다.

인간이 쉽게 지치고 피로한 것은 인간의 면역 체계가 지쳐 제 기능을 하지 못하기 때문이다.

모든 병은 이렇게 면역체계의 균형이 무너졌을 때 찾아오는 것으로 면역 체계만 정상이라면 어떤 병마(病魔)도 침범할 수 없다.

수한은 이런 면역 체계를 언제나 정상인 상태로 만들어 주는 약을 만들어 낸 것이다.

부족한 영양소를 보충해 주고 몸에 쌓인 피로 물질은 몸 밖으로 배출시키며, 신진대사를 활성화 시켜 줘 몸에 독소가 쌓일 시간을 주지 않게 만든다.

이렇다 보니 파이브돌스나 모델 활동으로 바쁜 수빈의 경우 그 모든 활동들이 수한이 준 약과 결합해 운동을 한 결과 겉으로는 여리게 보이지만 웬만한 남자 못지않은 체지방률을 가지고 있었다.

"응, 내가 준 약 잘 먹고 부족하면 말해, 또 만들어 줄 테니."

"그래, 고마워! 그런데 그 약 정말로 시판하지 않을 거야?"

루나는 뭔가 할 말이 있는 듯 수한을 보며 질문을 하였다.

하지만 아직 루나가 무엇 때문에 그런 질문을 한 것인지는 모르겠지만 수한은 단호하게 말을 하였다.

"응, 아직은. 언젠가는 시중에 판매를 하겠지만 지금은 아니야."

"그래, 아쉽네! 판매를 하면 좀 사려고 했는데."

루나는 정말로 아쉽다는 표정으로 그렇게 중얼거렸다.

비록 보통 사람은 들리지 않을 정도로 혼자 작게 중얼거렸지만 수한에게는 또렷하게 들렸다.

"뭐야! 무슨 일 있는 거야? 누나가 필요하면 만들어 줄 수도 있는데."

수한은 방금 전 루나의 반응을 보면서 그녀에게 뭔가 일이 있음을 알 수 있었다.

"응, 다름이 아니라, 우리 엄마하고 아빠 그리고 내 동생이 건강이 좀 안 좋아! 그래서."

루나는 자신의 가족에 대한 이야기를 하였다.

사실 루나의 집안에는 가족력이 좀 있었다.

그런 가족력이 있는 중에 루나만 특이하게 보통 사람 정도의 체력을 가진 것이다.

그렇지만 루나도 환절기에는 감기가 연례행사처럼 따라다녀 파이브돌스 멤버들이나 그녀들을 관리하는 매니저들을 걱정시켰다.

이런 이야기를 들은 수한은 그런 것이라면 자신이 약을 지어 주겠다는 말을 하였다.

"그런 이야기라면 다르지, 가족의 일인데 당연히 지어 드려야지. 아! 그럴 게 아니라 이참에 누나들 하고 가족들 건강검진 한번 받아 보는 것이 어때? 내가 우리 회사에 미리 예약해 놓을 테니 시간 되는 데로 가서 검사받아 봐!"

수한은 루나에게 제안하였다.

라이프 메디텍은 의약품을 제조하는 것뿐 아니라 따로 직원 가족들의 건강을 위해 따로 병원을 운영하고 있었다.

라이프 메디텍의 병원은 영리 목적이 아닌, 말 그대로 회사에 속한 직원과 가족들만을 위하는 그런 곳이었다.

물론 직원 가족만 치료를 받는 것은 아니다.

라이프 메디텍이 들어선 지역의 영세민과 차상위 계층에게 무료로 진료를 해 주고 있었다.

이 모든 것은 수한의 지시로 회사 수익의 사회 환원 차원에서 실시되는 정책으로 수한은 이것을 점진적으로 늘려 갈 계획이다.

그런 문제는 수한의 양어머니인 최성희가 이사장으로 있는 복지회가 주관하고 있었다. 수한은 자금을 지원해 라이프 메디텍의 이름으로 각 지역에 하나씩 병원을 늘리는 일만 하는 중이다.

수한의 재산은 현재 그도 완벽하게 파악하지 못하고 있는데, 천하 디펜스에 판매했던 휴대용 미사일 게이볼그의 개량 의뢰로 벌어들이는 수익과, 플라즈마 실드 발생 장치의 개발과 판매 수익, 그리고 천하 컨소시엄에서 연구하는 것들의 지분과 본인 소유의 기업인 라이프 메디텍에서 개발한 신약들에서 벌어들이는 수익은 수한도 다 파악하지 못할 정도로 어마어마한 돈이 통장에 쌓이고 있었다.

그런 수익의 일부만 이용해 차근차근 점진적으로 복지 사업을 하다 보면 언젠가는 처음 계획대로 전국에 라이프 메디텍의 이름의 무료 병원을 설립할 수 있을 것이다.

수한과 루나는 이렇게 가족의 이야기와 직장에서의 소소한 에피소드 등을 이야기하며 즐거운 시간을 보냈다.

[위대한 영도자 김장은의 영도 아래 남반부 괴뢰정부의 한반도 평화를 해치는 무력도발을 막기 위해 북조선 과학자들이 오늘 낮 2시에 최신형 핵미사일의 발사 시험을 성공하였습니다. 이는…… 륙상은 물론이고, 잠수함에서도 발사할 수 있는 것으로 로시아나 중화 인민 공화국에서도 극비로 알려진 첨단의 기술입니다. 이는 수령님이 명령만 하시면 우리는 한다는 혁명 과업을 이룩한 것으로…… 조선인민 공화국 만세! 리을숙이었습니다.]

전세계는 북한에서 전해진 속보에 경악을 금치 못했다.

사전에 통보도 없이 동해에서 실시된 북한의 미사일 발사 실험으로 인해 휴전선을 맞대고 있는 대한민국은 물론이고, 한반도를 둘러싼 미국, 일본, 중국, 러시아까지 동북아시아의 평화와 연관된 나라들은 모두 충격에 빠졌다.

특히 미국과 한국은 그 충격 정도가 더욱 심각하였다.

이번에 발사된 미사일은 단순히 재래식 미사일이 아니라 핵탄두를 장착할 수 있는 탄도미사일이었다.

그것도 육상에서 발사하는 잠수함 발사 탄도 미사일(SLBM)로써 그동안 북한이 개발에 성공했다고 떠들던 것과는 차원이 다른 정말로 현실이었을 뿐 아니라, 발사에 성공을 하였다고 발표한 동영상도 컴퓨터 그래픽이 아닌 게 사실로 드러나 충격을 주었다.

그동안 북한의 핵무기 개발을 막기 위해 한국과 미국을 비롯한 많은 나라들이 제재를 하여 왔지만 이 모든 것이 수 포로 돌아간 것이다.

사실 이런 북한의 무기 개발에 대한민국도 조금 책임이 있기는 했다.

UN결의로 경제 제재를 하고 있을 때도 북한에 심각한 가뭄이 들어 북한 주민들이 아사(餓死)할 때 동포라는 이름 하에 지원을 해 주었다.

원칙적으로 UN결의가 있었으니 그러면 안 되는 일이었 지만 한국 정부는 굶주린 북한 주민들에게 배급을 하겠다는 약속을 믿고 식량과 비료를 지원해 주었다.

그렇지만 북한 정부는 한국정부와의 약속을 저버리고 식 량과 비료를 무기개발을 하는 데 전용을 하였다.

전 세계에서 가장 폐쇄적인 나라가 북한이고 어디로 튈지 모르는 그들의 마음을 읽지 못한 한국 정부의 실수였다.

그런 것도 모르고 일부 정치인들은 자신의 이익을 위해 민족이라는 이름을 팔며 국민들을 선동하는 행동으로 북한 을 지원하였다.

GREAT
그레이트 코리아
KOREA

사실 북한 공산당도 자신들의 정책이 실패했다는 것은 알고 있다.

그렇지만 사회주의를 멈출 수는 없었다. 만약 사회주의 노선을 포기한다면 주민들이 들고 일어나 자신들을 죽이려 할 것이 분명하기 때문이다.

그러니 그들의 살길은 남한과 벌어진 군사력을 매워야 하는데, 이미 재래식 무기 체계로는 절대로 매울 수가 없었다.

북한과 남한의 경제 규모나 기술력의 차이가 너무 벌어졌기 때문이다.

군사력이라는 것은 그 나라의 경제력과 비례한다.

그렇기 때문에 북한은 대량살상무기 연구에 총력을 기울였다.

생화학 무기는 물론이고 돈이 많이 들어가는 핵무기 개발에도 투자를 아끼지 않았다.

그렇지만 시간은 갈수록 남한과 북한의 군사력 차이는 커져만 갔다.

군인의 숫자는 남측이 부족하기는 하지만 첨단화 정예화하는 반면, 북한은 6, 70년대 소련이 원조했던 무기를 가지고 남한과 경쟁해야 했으니 그 차이는 이루 말할 수 없는 일이었다.

그러던 차에 북한은 대량 살상 무기에 눈을 돌리게 되었다.

가난한 나라의 핵무기라 불리는 생화학 무기는 물론이고, 강대국들만 가지고 있는 핵무기까지 인민의 희생을 전제로 한반도를 적화통일을 하기 위해 노력을 기울였다.

그렇지만 개발이라는 것이 열정만 가지고 할 수 있는 것은 아니다.

그랬기에 북한은 벼랑 끝 외교를 펼치며 주변국을 협박하고 세계평화를 위협하는 전술로 지금까지 지탱해 왔는데, 이제는 허구가 아닌 실제로 SLBM을 완성한 것이다.

이 SLBM이 왜 문제가 되는가 하면 육상에서 발사하는 미사일을 발사하기까지 추적이 가능하다.

그렇지만 수면 아래에서 발사를 하는 SLBM의 특성상 미사일 발사를 추적할 수가 없어 무서운 것이다.

아무리 강력한 무기라도 언제 공격할지 알고 있으면 대응이 가능하지만, 이처럼 안 보이는 곳에서 기습적으로 발사하는 미사일은 방어하기가 무척이나 어렵다.

이 때문에 미국과 한국 그리고 일본은 특히나 이번 북한의 미사일 발사 시험에 기장을 하는 것이다.

북한이 공공연하게 타도의 대상이 미국이며 그런 미국의

괴뢰정부라 지칭 되는 곳이 대한민국 정부이니 말이다.

◈　　　◈　　　◈

달그락! 달그락!

오랜만에 일가의 저녁 모임에 참석한 수한은 TV스피커에서 흘러나오는 뉴스를 들었다.

"하! 북한 놈들 또 저러네!"

수종은 동생들과 모여 과일을 먹다 말고 아나운서의 말을 들으며 그렇게 중얼거렸다.

현재 북한과 남한은 점점 건널 수 없는 길을 가고 있었다.

희한하게도 북한의 지도부는 남한에 동포가 어려우니 도와달라고 말을 하면서도 한국 정부가 도움을 주겠으니 개방을 하라고 하면 내정 간섭이니 도발이니 하면서 게거품을 물며 한국 정부를 비판하였다.

그러면서 꼭 하는 것이 뉴스에 나온 것처럼 무력 도발을 하는 것이다.

휴전선 일대에서 총격을 한다거나, 서해의 북방 한계선을 침범하는 것은 아주 애교 수준이고, 연평도에 포격을 한다거나 한계선을 넘어와 해군 경비정에 함포를 발사하는 등

도발을 하였다.

이는 전쟁 도발로 봐도 하나 부족하지 않는 행위였지만, 군의 대응으로 어떤 결과가 벌어질지 몰라 한국 정부는 군의 대응을 자제시키고 있었다.

그 때문인지 북한은 이런 한국 정부의 반응에 자신들에게 겁을 먹었다고 판단을 한 것인지 이런 전략을 자주 써먹고 있었다.

이 때문에 한국 정부는 새롭게 군 전략을 수정을 하였는데, 그것은 북한의 이런 무력 도발에 적극 대응을 하라는 것이었다.

이런 바뀐 한국군 전략 때문인지 무력도발이 주춤하였다.

그런데 주춤하던 무력 도발이 다시 빈번하게 일어나게 되었는데, 이런 배경에는 대한민국 국군이 신형 주력전차를 개발하고 그 주력전차에 플라즈마 실드라는 첨단 테크놀로지가 들어가면서 재개되었다.

이 때문에 일부 국회의원 중에는 국방부의 무리한 군사력 확충이 이런 일을 야기시켰다며 정부를 비판하였다.

물론 그런 말을 했던 국회의원은 국민의 질타를 받으며 말을 바꾸기는 하였지만 어찌 되었든 일부 국회의원들은 그가 어느 나라의 국회의원인지 착각을 하는 이들이 있기도 했다.

아무튼 이번 SLBM발사 성공을 선전하는 북한 TV의 내용을 속보로 내보내는 뉴스를 보며 수종은 물론이고 친척들이 한마디씩 하였다.

이런 뉴스를 조용히 지켜보던 수한에게 누군가 말을 걸었다.

"참! 조카, 전에 저런 거 연구한다고 하지 않았어?"

큰어머니인 장서희는 수한을 보며 언젠가 들었던 이야기가 생각나 물었다.

그런 큰어머니의 질문에 수한은 옆자리에 앉은 수정이 찍어 주는 과일을 받아 들며 대답을 하였다.

"아, 네. 그것과는 조금 다른 것인데요. 날아오는 미사일을 잡는 연구하고 있습니다."

집안에 관련 회사가 있기는 하지만, 이런 쪽으로는 관심이 없는 장서희였기에 수한은 알기 쉽게 설명을 하기 시작하였다.

"저것은 SLBM이라는 미사일로 조금 전에도 나왔듯 저안에 핵폭탄이나 화학 무기를 장착할 수 있습니다. 그리고 그런 것을 탄도 미사일이라고 해서 그런 미사일은 대기권 밖으로 나갔다고 몸체는 분리가 되고 탄두 부분만 목표물에…… 그리고 제가 연구하는 것은 그것과 다르게 미사일이나 전투기 등을 요격하는 요격 미사일입니다."

수한은 자신이 연구하는 것은 뉴스에 나오는 탄도 미사일이 아니라 요격 미사일이란 것을 알려 주었다.

"그러면 북한이 쏜 미사일을 조카가 만든 미사일로 맞출 수 있다는 말이야?"

"예, 그런 것을 개발하고 있습니다."

"아! 전에 백호인가 전차도 개발했으니 조카라면 분명 엄청 좋은 것을 만들 거야!"

장서희는 군사 무기에 관해서는 잘 알지 못하지만 전에 대한민국 육군 주력전차가 된 K—3백호를 개발한 것을 빗대어 말하였다.

그런 큰어머니의 말에 수한은 자신도 모르게 미소를 지었다.

그러고 보면 친어머니나 양모인 최성희만큼이나 자신을 믿어 주고 응원해 주는 사람이 바로 큰어머니인 장서희였다.

그렇기에 수한에게 장서희는 그저 큰어머니가 아니라 또 다른 어머니란 느낌이었다.

"그래, 수한아! 그것의 연구는 어느 정도 진행이 된 것이나?"

이야기를 듣고 있던 정수현이 이야기에 기어들면 물었다.

그런 수현의 질문에 가족들도 관심을 보이며 수한의 얼굴을 보았다.

'이게 그렇게 궁금할 일인가?'

모든 친척들의 시선이 자신에게 쏠리자 수한은 고개를 갸웃 거리다 대답을 했다.

"컴퓨터 시뮬레이션은 끝마쳤습니다. 탄두를 제거한 실험용 미사일을 만들어 날리는 모의시험도 끝났으니 국방부와 협약을 하여 최종 실험만 남겨 두고 있습니다."

어떻게 보면 비밀이라고 할 수도 있는 말이었지만 어차피 이 자리에 있는 사람은 몇몇을 빼고는 모두 천하 그룹에 종사하고 있는 사람이다.

미사일을 개발하는 곳은 천하 디펜스 산하 연구 기관이지만 어차피 천하 디펜스도 천하 그룹에 속하니 이야기를 한다고 해서 문제가 될 것도 아니었다.

이곳은 천하 그룹 회장 정대한의 저택이고 이들은 그 직계니 말이다.

"벌써 연구가 거기까지 진행이 된 거냐? 빠르네!"

수현은 수한의 이야기를 듣고 눈이 동그랗게 변해 그렇게 말을 하였다.

사실 새로운 무기를 하나 개발을 하려면 엄청난 예산은 둘째 치고 그 연구기간은 이루 말할 수 없는 인고의 시간이다.

성공과 실패, 오류와 버그를 잡으며 최종적으로 사용자의 요구에 맞는 물건을 만들어야 한다.

어떤 물건이 개발이 되건 다 마찬가지겠지만 군사 무기라는 것은 일반적으로 통용되는 오차가 허용이 되지 않는 부문이기에 더욱 시간이 오래 걸린다.

그런데 천하 디펜스가 개발하는 무기들의 개량 사업이나 신무기들의 개발의 기간이 엄청 짧아졌다.

정확히 따지면 수한이 천하 디펜스에 합류를 하면서 그리 된 것이다.

천하 디펜스가 연구 개발하는 부문이 한두 가지가 아님에도 수한은 그 모든 것에 관여를 하고 있었다.

그런데도 어느 것 하나 막힘없이 예정보다 기간을 단축하고 있어 관계자들을 놀라게 하고 있었다.

아니, 단순하게 기간만 단축하는 것도 아니었다.

사전 기획한 성능보다 더욱 월등하거나 사용하기 간편하게 단순화 하였다.

그러하였기에 천하 디펜스 연구소의 연구원들이 나이가

어린 수한이 수석연구원으로 자리를 하여도 불만이 없는 것이다.

위잉! 위잉!

동해 1함대 기지는 새벽부터 요란한 사이렌이 울렸다.

뭔가 비상이 걸린 것인지 기지 안팎이 무척이나 소란스러웠다.

투다다닥! 투다다닥!

군인들의 군홧발 소리가 요란하게 울리며 뛰는 소리도 들리고 여기저기에서 고함치는 소리도 기지 안을 울렸다.

"야 이 새끼야! 똑바로 못해?! 그게 한 발에 얼마짜린데. 개새끼, 훈련 끝나고 보자!"

한참 뭔가 지시를 하던 사내는 누군가를 쳐다보며 그렇게 고함을 지르고 있었다.

그 남자가 보고 있는 곳에는 중장비를 운전하는 병사들이 있었는데, 그들은 중장비를 이용해 군함에 무기를 싣고 있었다.

그런데 한 병사가 장비를 운용 중 실수를 하여 무기가 든 상자가 바닥에 떨어진 것이다.

다행히 상자가 튼튼한지 사고를 일어나지 않았다.

그렇지만 자칫 잘못해 상자가 폭발을 했더라면 대형 참사가 벌어질 뻔한 아찔한 순간이었다.

상자를 떨어뜨린 병사도 자신이 어떤 실수를 했는지 알고 있는지 낯빛이 창백해졌다.

"빨랑빨랑 안 움직이지!"

실수 때문에 바짝 얼어 있는 병사를 보며 사내는 다시 한 번 고함을 쳤다.

창백하게 당황해 있던 병사는 그런 사내의 고함소리에 정신이 들었는지 얼른 기기를 조작해 떨어뜨린 상자를 기기 위에 올려 움직였다.

그런 병사를 잠시 지켜보던 사내는 다시 다른 곳으로 시선을 돌렸다.

그가 지켜봐야 할 것은 그 병사 한 명만이 아니라 탄약고를 드나드는 모든 병사들이었다.

한참 바쁘게 탄약고를 지켜보는 사내를 부르는 소리가 있었다.

"고 준위! 무기는 다 실었나?"

"충성!"

"그래, 충성. 다 실었어?"

"예, 저기 저것만 실으면 보급 완료입니다."

고 준위라 불린 새내는 자신을 보는 함대 사령관을 보며 대답을 하였다.

그런 고 준위의 대답에 사령관은 고개를 끄덕였다.

한편 문득 고형석 준위는 의문이 하나 있었다.

군함에 들어가는 미사일은 그 가격 때문에 실 사격 훈련이 있을 때 아니고는 이렇게 작업을 하지 않는다.

군함의 무장 역시 정도를 두고 운영을 한다.

즉, 전시나 그에 준하는 때만 보급 완료한 채 대기를 하는 것이다.

그런데 북한의 도발에 비상이 걸린 것도 아니고, 그렇다고 실 사격을 하는 훈련 기간도 아닌데 탄약고에 있는 미사일을 군함에 분배하는 것에 의문이 들었다.

그래서 궁금증을 참지 못하고 질문을 하였다.

"사령관님! 그런데 훈련 때도 아닌데, 무엇 때문에 미사일을 싣는 것입니까?"

고형석 준위의 질문에 1함대 사령관은 잠시 망설이다 대답을 하였다.

"이건 어디 가서 말하면 안 되는 비밀이네."

비밀이란 함대 사령관의 말에 고형석의 눈이 커졌다.

평소 농담도 잘하고 지금처럼 비밀 이야기라며 부하들과 음담패설도 하는 사령관이지만, 지금처럼 뭔가 주의를 둘러보며 하는 말은 실제로 아주 중요한 내용일 경우가 많았다.

그런 사령관이 자신에게 은근하게 비밀이라고 말을 하자 긴장을 하였다.

"이 이야기를 알면 미국이 좋아하지는 않겠지만……. 오늘 미사일 발사 시험이 있네."

"네? 그게 무슨 말입니까? 미사일 발사 시험이라니요. 그리고 미사일 발사시험하고 우리 1함대가 함에 미사일을 보급하는 것과 무슨 연관이 있다고……."

고형석 준위는 사령관의 말이 이해가 가지 않았다.

미사일 발사 시험이 있는 것과 1함대의 미사일 보급과 무슨 연관이 있기에 이렇게 비밀스럽게 말을 한다는 것인지 이해할 수가 없었다.

그런 고형석 준위의 표정에 1함대 사령관은 답답하다는 듯 그의 얼굴을 쳐다보다 결심을 한 듯 이야기를 시작하였다.

"우린 그저 정해진 곳에서 미사일을 발사하면 끝이네, 그런데 우리가 발사한 미사일은 세종대왕 함에서 요격을 할 것이네."

"설마! 이번 북한의 SLBM발사 때문에 요격 훈련을 하는 것입니까?"

고형석 준위는 1함대 사령관의 말에 이번 비상이 북한의 잠수함 탄도 미사일 발사 시험 비디오가 공개됨에 따라 방어 태세 점검 차원의 훈련으로 생각한 것이다.

그런 고형석 준위의 질문에 함대 사령관은 고개를 흔들며 아니라는 대답을 하였다.

"그게 아니라 몇 년 전 국방부에서 천하 디펜스에 요격 미사일 개발 의뢰를 했는데, 개발이 목전이라는 거야."

"그럼, 설마?"

"그래, 최종 발사 시험을 하려는 것이지."

"그게 정말입니까? 미사일 요격이라니……."

한국이 요격 미사일을 개발하였고, 그것을 시험하기 위해 함대에 비상이 걸렸다는 말에 고형석은 할 말을 잊었다.

그런데 그렇게 놀란 고형석을 더욱 놀라게 하는 함대 사령관의 말이 들려왔다.

"단순 요격 미사일이 아니라 북한의 탄도 미사일을 겨냥한 탄도 요격 미사일(ABM)이라는 소리가 있어!"

"헉!"

요격 미사일에도 종류가 있는데, 탄도요격 미사일(ABM)은 미국이나 러시아만이 가지고 있는 무기이다.

탄도 미사일이란 대기권을 벗어나 몸체와 탄도가 분리되며 대기권 밖에서 목표를 향해 떨어지는 것으로, 그 속도가 음속의 20배 이상이나 된다.

그렇게 되면 일반적인 무기로는 탄도 미사일을 파괴할 수가 없다.

그래서 나온 것이 이 ABM이다.

이것은 탄도 미사일의 속도가 가장 느린 시점에 미사일을 요격하는 미사일이다.

그러기 위해선 광범위한 범위를 볼 수 있는 레이더와 레이저 측정기 등이 필요하다.

뿐만 아니라 대기권을 벗어나야 하니 그만큼 강력한 부스터도 있어야 한다.

즉, ABM은 최첨단 무기라는 소리였다.

그런데 그것을 국내 기술로 완성을 했다는 말에 고형석이 노라지 않을 수 없었다.

"그 말씀이 사실이라면 정말로 미국이 알면 난리가 나겠군요."

고형석 준위도 함대 사령관의 말이 이해가 갔다.

그러면서 고형석은 속으로 그 말이 사실이었으면 하는 생각이 들었다.

　그동안 미국이 한국에 무기를 팔면서 얼마나 파렴치한 행위를 하였는지 눈으로 보았기 때문에 이번 기회에 국산 요격 미사일이 완성이 되었으면 하는 마음이었다.

3.
발전소의 비밀

제주 동쪽 50㎞ 해상의 세종대왕 함.

세종대왕 함은 대한민국 최초의 이지스 함으로 2007년 진수되어 대한민국 영해를 지키고 있다.

그렇지만 최강의 방패라는 이지스 함인 세종대왕은 그 명성과 다르게 2023년, 날로 발전하는 대함 미사일과 전자전 장비로 인해 점점 노후 기종으로 취급당하고 있다.

그런데도 세종대왕 함은 대한민국 해군의 핵심 전력이란 것은 참으로 아이러니다.

충분한 국방비라고 할 수는 없지만 그래도 GNP(국민총생산) 대비 국방비는 상당하다.

그 정도면 충분히 전력 증강을 할 수도 있고, 또 노후화된 군 장비들을 업그레이드 할 수도 있었지만 몇몇 위정자들의 잇속에 의한 정책 때문에 그렇지 못했다.

2018년에 해군은 최신형 이지스 함을 건조하려는 계획을 세우고, 이 최신형 이지스 함에는 당시 미국의 이지스 함이 채택한 위상 배열 레이더인 SPY—2를 도입하려 하였다.

하지만 미국의 반대와 일부 해군 장성과 국회의원 등 미국의 로비를 받은 위인들로 인해 처음 계획과 다르게 SPY—2레이더가 아닌 한 단계 떨어지는 SPY—1D레이더를 장착한 군함이 되었다.

그렇다고 비용이 줄어든 것도 아니었다.

오히려 비용은 더 늘어났으면서 성능은 떨어지는 SPY—1D레이더를 도입한 것이다.

물론 SPY—1D레이더가 성능이 아주 떨어지는 것은 아니지만, 그렇다고 한들 같은 가격도 아닌, 더 비싼 돈을 주고도 성능이 뒤쳐지는 장비를 도입한 군 당국의 이해할 수 없는 사업 추진에 국민들은 다시 한 번 실망을 하게 되었다.

그렇다고 당시 로비를 받은 군 장성이나 국회의원들이 어떤 처벌을 받은 것도 아니었기에 국민이나 현역에 있는 해군 장병들은 실망이 이만저만이 아니었다.

아무튼 현재 대한민국 기동함대의 기함으로 운영 중인 세종대왕 함은 현재 비밀 작전을 위해 제주도 해군기지를 떠나 동쪽 50㎞ 해상에 정박해 있었다.

"부함장!"

"예!"

"저게 정말로 SM—3보다 성능이 뛰어날까?"

세종대왕 함의 함장인 강감찬 대령은 부함장인 권율 중령을 보며 물었다.

지금 강감찬 대령은 이번 한국형 요격 미사일 발사 실험을 위해 자신의 함이 선택된 것에 별다른 불만은 없었다.

대한민국 해군 함장으로서 자국의 요격 미사일 개발에 일조를 한다는 것에 자부심을 느끼고 있기도 했다.

그렇지만 이야기로만 듣던 한국형 요격 미사일의 성능까지 믿을 수 있는 것은 아니었다.

언제 북한이 도발할지 모르는 때 기존 실려 있던 요격 미사일을 내리고, 실험을 위해 이번에 개발된 요격 미사일을 넣고 운행하는 게 못내 찜찜한 기분이었다.

더욱이 이제 개발된 미사일이라 신뢰도는 그리 높지 않았다.

이제 처음 발사 시험을 하는 것이기 때문이기도 했지만 솔직히 그의 국산 무기 그것도 미사일에 대한 신뢰도는 그리 높지 않았다.

대대적으로 선전을 한 무기들은 사실 내용을 알고 있는 사람들은 고개를 흔들 정도로 기대 성능에 미치지 못했다.

다만 국민들을 호도하기 위해 실제 성능보다 높게 선전을 하는 것뿐이다.

이 때문에 SM—3를 대체하기 위해 개발했다는 이번 요격 미사일에 대한 기대도 생각보다 낮았다.

"그건 두고 봐야 할 일 아니겠습니까? 뭐 이번 요격 미사일을 개발한 곳이 천하 디펜스라고 하니 어쩌면 예상 밖의 결과를 낼 수도 있지 않겠습니까?"

부함장 권율은 함장인 강감찬처럼 부정적인 시선으로 보지는 않고 있었다.

아니, 오히려 천하 디펜스에서 내놓는 무기들의 성능이 미국이나 러시아처럼 군수 산업 선진국에 못지않은 무기들을 내놓는 것에 고무되어 이번 요격 미사일에도 어느 정도 기대를 모으고 있었다.

그런 부함장의 말에 강감찬은 잠시 그의 얼굴을 쳐다보다 다시 이번 발사 시험을 위한 미사일 발사 셀을 쳐다보았다.

이런 함장과 부함장의 이야기를 곁에서 듣고 있던 한 남자의 눈이 반짝였다.

그는 이번 발사 실험을 직접 눈으로 확인하기 위해 온 수한이었다.

수한은 두 사람의 대화를 듣고도 아무런 감정이 없는 듯 지긋이 미사일 발사 셀에서 작업을 하는 연구원들을 지켜보고 있었다.

어차피 데이터를 수집하기 위해 탄두 부분에 기억 장치와 실시간으로 미사일이 목표를 제대로 찾아가고 있는지 알기 위해 GPS송신기를 설치하는 것이니 금방 끝날 것이다.

수한은 연구원들이 하는 작업을 지켜보다 시계를 들여다보았다.

이는 발사 실험을 하기 위한 계획된 시간이 얼마나 남았는지 알기 위해서다.

그리고 수한이 이렇게 시계를 들여다보고 있을 때, 세종대왕 함의 함장인 강감찬이나 부함장 권율 역시 시계를 보고 있었다.

시간이 흐르고 계획된 미사일 발사 실험 시간이 도래하였다.

애앵! 애앵!

스피커에서 요란한 사이렌 소리가 울려 퍼지고, 세종대왕 함의 승조원들이 급하게 움직이기 시작하였다.

함교에 있는 승조원들도 조금 전과 다르게 주황색의 구명 조끼를 착용하고 있었으면 그건 수한도 마찬가지였다.

"함장이다. 현재시간 09시 50분, 10시 00분에 미사일 요격 실험을 실시한다. 다시 한 번……."

함장 강감찬은 마이크를 들고 세종대왕 함의 승조원들에게 10분 뒤 요격 미사일 발사 실험을 한다는 것을 통보하였다.

그런 함장의 말에 함교에 있던 레이더 관측병과 오퍼레이터가 긴장을 하며 기기를 노려보기 시작하였다.

그리고 그런 함교 내 분위기에 편승해 수한도 조금은 긴장을 하였다.

비록 200㎞ 떨어진 1함대의 광개토대왕 함에서 발사하는 미사일이 탄두를 제거한 것이라고 하지만, 그것을 격추하지 못한다면 그동안의 노력이 물거품이 되는 것이다.

물론 요격에 실패한다고 개발 계획 자체가 폐기되는 것은 아니고, 실패 원인을 분석하느라 다시 시간을 허비하는 것뿐이다. 하나 수한은 그것만으로도 신경이 쓰였다.

현재 그가 맡고 있는 프로젝트는 한두 가지가 아니었다.

이번 요격 미사일 개발 프로젝트도 그렇지만 현재 수한이 맡고 있는 프로젝트는 상당했다.

자체적으로 인공지능 컴퓨터도 있었고, 미국과 협상을 통해 들여오는 슈퍼호넷의 개량과 업그레이드 프로젝트까지 수한이 관여를 하고 있었다.

더욱이 가장 중요한 항공모함 개조도 수한의 몫이었다.

한 사람이 감당하기에는 사실 말도 안 되는 일이었지만, 수한의 주장으로 그런 어처구니없는 계획이 수립되었기에 수한은 어떻게든 이번 요격 실험이 성공하기를 기원하였다.

그래야 과중한 업무 중 한 가지를 떨쳐 낼 수 있기 때문이다.

이번 요격 미사일 시험이 성공을 한다면 그다음은 남은 연구원들만으로 조정이 가능하기에 수한은 10분 뒤 있을 시험을 긴장을 하며 지켜보았다.

'제길, 차라리 마법을 사용해 요격하는 것이 더 편하겠군!'

아닌 게 아니라 수한은 미사일을 자신이 마법으로 떨어뜨리고픈 생각도 들었다.

자신이 선택해 그렇게 된 일이지만 일거리가 너무도 많았다.

막말로 천하 디펜스나 천하 컨소시엄 연구소에서 수석 연구원으로 프로젝트를 진행하는 것도 그랬다. 그 외적으로 자신이 대주주로 있는 라이프 메디텍의 일도 있었기에 현재 몸이 두 개라도 부족할 정도로 수한은 하루 24시간을 쪼개 바쁘게 움직이고 있었다.

그 때문에 서로 호감을 가지고 진지하게 알아 가고 있는 루나와 자주 보지 못하는 것이 너무도 미안했다.

가끔 전화상으로 안부를 묻고는 하지만 인간관계라는 것이 눈에서 멀어지면 마음에서도 멀어진다고 했던가.

하지만 루나와 수한의 관계는 그렇지 않았다.

오히려 서로 바빠 볼 시간이 없어서 그런지 더욱 애가 달았다.

물론 남자인 수한보다는 여자인 루나가 더욱 그런 감정이기는 하지만 말이다.

이런 루나의 상대를 그녀의 팬들이 알았다면 아마 수한은 살아남지 못할지도 몰랐다.

자신의 여신이 한 남자 때문에 목매고 있다는 것을 알게 된다면 그 팬들이 가만있겠는가. 자신의 여신이 이성을 사귄다는 것에 눈이 돌아갈 팬들도 있을 것이고, 또 다른 팬들 중에는 여신이 이성을 사귄다는 것에 관대하게 생각을 하면서도 상대가 바쁘다는 이유로 상심하고 있다고 한다면 가만 있겠는가.

이런 저런 이유로 수한에게는 좋지 못한 일이 벌어질 것은 분명했다.

수한이 이렇게 갑자기 든 잡생각에 창밖의 수평선에 시선을 두고 있을 때 다시 한 번 스피커에서 요란한 사이렌 소리가 울렸다.

애앵! 애앵!

"승조원 전투 위치로! 승조원 전투 위치로!"

강감찬 대령은 마이크를 들고 다시 한 번 지시를 내리고 있었다.

이에 멍하게 있던 수한은 정신을 가다듬고 수평선 너머를 지긋이 응시하였다.

제주도 해상 50㎞에 떠 있는 세종대왕 함과 200㎞ 정도 떨어져 있는 동해 1함대 소속 광개토대왕 함의 승조원들이 부산하게 움직이고 있었다.

주황색 구명조끼를 착용하고 비장한 각오로 각자 전투 위치에서 함장의 지시를 기다리고 있었다.

오늘 훈련은 대함 미사일인 해성의 발사 훈련이었다.

"광개토대왕 함 모든 승조원에게 알린다. 10시에 대함 미사일 발사 시험을 한다. 승조원 전투 위치로!"

광개토대왕 함의 함장 최영찬 중령은 마이크를 들고 승조원에게 전투 위치로 갈 것을 지시하였다.

"승조원 전투 위치로!"

함교를 비롯한 광개토대왕 함 각지에서 최영찬 함장이 외친 명령을 복창하는 소리가 울렸다.

투다닥! 투다닥!

만재 배수량 3,900톤의 광개토대왕 함은 긴장감이 흘렀다.

미사일 발사까지 10분이 남았다. 그렇지만 광개토대왕 함의 승조원들에게는 1시간 이상으로 느껴질 만큼 긴장감이 흘렀다.

그도 그럴 것이 오늘 발사하는 하푼 대함 미사일의 가격은 한 기당 1,200,000달러다.

한화로 12억 원이나 하는 엄청 비싼 미사일인 것이다.

이것을 세 발이나 발사를 하는 것이니 광개도대왕 함의 승조원들이 긴장을 하는 것은 어쩌면 당연한 일이었다.

보통 미사일 발사 시험이라면 한 기 정도만 발사를 하였다.

그도 그럴 것이 대함 미사일의 가격이 너무나 비싸기 때문에 대한민국 해군은 훈련에 들어가는 비용을 감당할 수가 없었다. 여러 차례 모의 발사 시험과 몇 년에 한 번 실제 미사일을 발사하는 형식으로 훈련이 짜여져 있다.

그런데 다른 때와 다르게 오늘은 대함 미사일을 한 기도 아니고 세 기이나 발사를 하는 것이니 긴장을 하지 않을 수 없었다.

"함장님! 발사 시간입니다."

"알았다. 부함장!"

최영찬 중령은 박찬영 부함장이 미사일 발사 시간이 되었다고 보고를 하자 그를 다시 불렀다.

그런 함장의 부름에 박찬영 부함장이 대답을 하였다.

"예, 함장님!"

"세종대왕 함과는 교신이 되었나?"

"예, 그렇습니다. 제주 동쪽 50㎞ 지점에 대기하고 있다고 합니다."

"알았다. 그럼 시간 되면 5분 간격으로 순차적으로 발사를 한다."

"5분 간격으로 순차 발사!"

"5분 간격으로 순차 발사!"

최영찬 함장이 세종대왕 함과 교신이 되었다는 소리에 발사 시간이 되었다면 5분 가격으로 하푼 대함 미사일을 발사하라는 명령을 하였다.

그런 함장의 명령에 부함장인 박찬영이 복명복창을 하고, 뒤이어 함교에 있던 오퍼레이터가 복명복창을 하였다.

세종대왕 함이나 광개토대왕 함의 승조원들은 오늘 미사일 발사에 들어가는 비용이 얼마인지 정확하게는 알지 못한다.

그렇지만 두 군함의 승조원들은 오늘 미사일 발사 시험이 얼마나 중요한 실험인지 아직까지는 인지하지 못하고 있었다.

무엇 때문에 이렇게 엄청난 비용을 들여서 미사일 발사를 하는지, 그리고 이지스 구축함인 세종대왕 함이 대공 미사일을 발사하기 위해 제주도 기지에서 나왔는지 말이다.

쿠구구궁!

시간이 오전 10시가 되자 예정대로 광개토대왕 함은 하푼 대함미사일을 토해 냈다.

광개토대왕 함에서 발사된 하푼 대함미사일은 남서방향

가상의 함정을 향해 날아갔다.

5분 간격으로 발사된 세 발의 하푼 대함 미사일을 토해 낸 광개토대왕 함은 언제 그랬냐는 듯 기수를 돌려 모항인 동해항으로 돌아갔다.

자신들이 발사한 하푼 미사일이 정확하게 발사가 되고 또 목표 방향으로 날아갔기에 목표에 명중이 되었는지 확인도 하지 않고 돌아갔는데, 이는 모두 사전에 계획된 일이었다.

사실 미사일 발사 시험을 할 때는 이렇지 않았다.

발사한 미사일이 목표에 명중이 하는지 끝까지 확인을 하는 것이 맞았지만 오늘 발사 시험은 그것이 목적이 아니기 때문이다.

[국방부 발표에 의하면 오늘 오전 10시 해군은 미사일 발사 시험을 실시하였다고 합니다. 동해 1함대 기함인 광개토대왕 함에서 발사된 하푼 대함 미사일 세 발을 발사하였는데, 제주 해군 기지를 출발한 기동함대 기함인 세종대왕 함에서 제주도 동쪽 50㎞ 지점에서 요격을 하였습니다. 하푼 대함 미사일은 미국이 1977년 개발한 군함을 파괴하는 미

사일로서……. 우리 기술로 만들어진 요격 미사일은 그동안 해군이 사용하던 SM—2, SM—3미사일을 대체할 것으로 전망하고 있습니다. 이번에 발사된 요격 미사일은 천하 디펜스에서 개발한 것으로…… 200㎞ 내에 있는 어떤 공중에서 요격할 수 있는 첨단 미사일입니다. 이는 그동안 논란이 되고 있는 한국형 미사일 방어(KAMD)체계를 구축할 수 있는 길이 열린 것이라 할 수 있습니다. KAMD가 무엇이냐 하면…… 그동안 대한민국은 북한의 미사일의 위협에서 벗어나기 위해 미국의 요격 미사일인 사드(THAAD)와 SM—3를 도입하려 하였습니다. 군함에서 발사하는 SM—3미사일은 도입이 되었지만 지상에서 발사하는 주변국의 반대로 사드(THAAD) 미사일은 도입하지 못하였습니다. 이는 미국과 중국의 첨예한 대립으로 무산된 것으로…… 그렇지만 이번 천하 디펜스에서 개발한 낙일(落日)로 인해 주변국의 눈치를 보지 않고 자체적으로 MD(미사일 방어 체계)체계를 구축할 수 있게 되었습니다. 천지 디펜스의 발표에 의하면 조만간 낙일의 육상 버전도 개발할 계획이라고 합니다. 지금까지 KBC 문자연이었습니다.]

"대단하네."

고리 원자력 발전소의 사무실에 작업을 하던 사내는 TV에서 흘러나오는 뉴스 속보를 보며 그렇게 중얼거렸다.

대한민국 최초 원자력 발전소인 이곳은 1971년 11월에 공사 착공을 하고 1978년 4월에 첫 상업 운전을 하였다.

2007년 6월 설계 수명을 다하였지만 날로 늘어나는 전력 소모로 인해 10년 연장을 하여는 계획을 수립하였다. 하지만 2011년 일본의 후쿠시마 원자력 발전소 폭발 사고를 겪으면서 대한민국 내 원자력 발전소의 안전 문제가 대두되었다.

그동안 잔 고장이 많아 문제가 되고 있던 때 이런 후쿠시마 원자력 발전소 폭발 사고로 원전 주변 사람들의 안전 문제가 심각한 문제라는 것이 알려졌다.

이때부터 고리 원전 주변 주민들의 원전 폐쇄 운동이 벌어지면서 대한민국 최초의 원자력 발전소인 고리 원자력 발전소는 2015년 6월 원자로 폐쇄 결정이 내려지고 2017년부터 절차에 들어갔다.

그러던 이곳 고리 원자력 발전소가 새롭게 탈바꿈하고 있었다.

폐쇄된 원자로를 거둬 내고 그 자리에 새로운 발전 시설을 건설하는 중이었다.

천하 그룹에서 진행하는 발전소 건설은 그 주변 주민들과 2년여의 줄다리기 끝에 건설 합의를 보았다.

방사능 유출의 위협이 없는 신개념 에너지 발전소라는 것을 주민들에게 심어 주기 위해 천하 그룹은 2년을 소비한 것이었다. 한번 원자력 발전소로 인해 정신적 피해를 입었던 주민들이었기에 천하 그룹도 이해를 하고 장기간 주민들을 설득한 것이다.

물론 주민들은 처음 천하그룹에서 발전소를 짓는다고 해서 또 원자력 발전소를 짓는 것은 아닌지 걱정을 했는데, 발전소 연료가 보석류에 해당하는 옥(玉)이라는 말을 듣고 고개를 갸웃거리기도 했다.

아무튼 천하 에너지 화학에서 주관하고, 천하 건설에서 공사를 하고 있는 이곳 고리 발전소 현장은 무척이나 바쁘게 공사가 진행이 되고 있었다.

사무실에 앉아 있는 김제득 대리는 뉴스를 보며 천하 디펜스에서 만들었다는 요격 미사일에 대한 속보가 나오는 것에 미소를 지었다.

같은 회사는 아니지만 같은 천하 그룹 산하 계열사에 다닌다는 것 하나만으로 동질감을 느끼고 있었다.

"조 기사, 그렇게 생각하지 않아?"

"그러게 말입니다. 탱크에 미사일까지 참 대단합니다."

김제득에게 조 기사라 불린 사내는 업무를 보다 말고 그렇게 대답을 하였다.

"야! 촌스럽게 탱크가 뭐냐? 전차, 전차라고 해!"

김제득은 후배인 조상욱의 말에 정확한 명칭인 전차를 강조하였다.

"뭣들 하고 있나?"

김제득과 조상욱이 해군의 미사일 발사 시험을 가지고 떠들고 있을 때 사무실로 들어서던 남자가 큰소리로 소리쳤다.

"아, 아닙니다. 그냥 뉴스에 천하 디펜스에서 개발한 요격 미사일에 대한 것이 나오기에 잠시 그 이야기를 하고 있었습니다."

김제득은 내용을 간단하게 설명을 하였다.

"일은 다 하고 놀고 있는 거야?"

"물론이지 말입니다. 과장님 그런데 가셨던 일은…… 확인 다 하신 것입니까?"

김제득은 이야기를 하다 말고 정승환 과장에게 물었다.

"응, 일은 순조롭게 진행이 되고 있더군! 그런데 김제득이."

"예?"

정승환 과장은 이야기를 하다 말고 자신에게 질문을 했던 김제득을 불렀다.

그런 정승환 과장의 부름에 눈을 동그랗게 뜬 김제득은 무엇 때문에 불렀냐는 듯 간단하게 대답을 하였다.

그런 김제득의 모습에 정승환 과장은 답답하다는 듯 쳐다보다 한탄을 하였다.

"어쩌다가 내 밑에 저런 것이 들어와서. 오늘 들어올 물건들은 다 들어온 거야!"

멀뚱히 자신을 쳐다보는 김제득의 얼굴에 신세를 한탄하던 정승환은 오늘 들어올 자재의 입고 상태를 물었다.

"예, 다 들어왔습니다. 그런데 과장님."

"왜?"

"아니, 발전 시설을 설치하는 것인데 자재에 왜 귀금속이 포함된 것입니까? 지금까지 들어온 것만 해도 2톤은 되는 엄청난 분량인데……."

김제득은 이곳 고리 발전소 건설의 자재 담당 부서의 대리로 서류를 살피던 중 건축 자재에 금이나 은과 같은 귀금속이 엄청나게 포함되어 있는 것에 의문을 느꼈다.

자신이 알고 있는 지식으로는 그 어떤 발전 시설도 이처럼 귀금속이 많이 들어가지 않는다.

금이나 은이 열전도율이나 전기의 전도율이 좋다고 하지만, 굳이 그것들이 아니더라도 전기를 전도하는 물질은 많았다.

그런데 굳이 금이나 은과 같은 귀금속을 사용하는 이유를 알 수가 없어 궁금해하였는데, 마침 정승환 과장이 자제에 관해 물어보자 이때다 싶어 질문을 한 것이다.

"그걸 내가 아냐, 지금 건설하고 있는 발전 시설이 지금까지는 전혀 다른 새로운 설비라고만 알고 있다."

"그래요?"

"그래, 천재 과학자인 정수한 박사님이 개발한 새로운 방식의 발전 시설이라고 하더라."

정승환 과장은 이곳 고리 발전소의 발전 시설이 무엇이며 누가 개발했는지 대략적인 설명을 해 주었다.

그런 정승환 과장의 설명을 들은 김제득과 조상욱의 눈이 더욱 커졌다.

"그게 사실입니까? 어떻게 전기를 생산하는 데 보석이 들어가요?"

"맞아요. 석탄이나 석유를 쓰는 것도 아니고 그렇다고 우라늄도 아니고, 참나……"

석유나 석탄을 태워 발전하는 화력 발전도 아니고 그렇다고 우라늄을 원료로 하는 원자력 발전도 아닌 새로운 방식의 발전 시설이라는 것에 두 사람은 의문점은 더욱 커졌다.

"그런데 그렇게 해서 원자력만큼 전력을 생산할 수는 있는 것입니까?"

조금 전까지 발전소 건설 재료에 관해 떠들다 이제는 주제가 그렇게 해서 만들어진 설비에서 전력이 생산이 되냐는 쪽으로 이야기 주제가 바뀌었다.

"나야 모르지. 뭐, 듣기로는 핵융합 발전만큼이나 엄청난 전력을 생산할 것이라고는 하지만, 이게 처음 만들어지는 시설이라 누구도 알지 못하지."

정승환 과장은 부하 직원의 거듭되는 질문에 슬쩍 발을 뺐다.

자신이야 듣기만 했기에 정확히 발전 시설이 전기를 생산을 할 수 있을지조차 사실 의문이었다.

우웅! 치직! 치직!

"조심해! 그게 얼마짜린데 흘리고 지랄이야!"

거대한 크레인에 매달린 용광로를 기울여 틀에 붓고 있던 중 지켜보던 작업반장이 큰 소리로 크레인 운전자에게 호통을 쳤다.

붉게 달아오른 쇳물을 틀에 붓고 있었는데, 사실 쇳물의 정체는 다름 아닌 다량의 금을 녹인 쇳물이었던 것이다.

즉, 액체 상태의 금이라는 소리였다.

작업장은 그렇게 소리치는 사람들과 안전모를 쓰고 도면을 보며 지시하는 사람 등, 많은 사람들이 작업을 하고 있었다.

그런데 녹인 금을 바닥의 틀에 붓고 있었는데, 위에서 그것을 지켜보면 녹은 금이 어떤 도형을 그리고 있었다.

마치 애니메이션에 나오는 마법진과 흡사한 둥그런 원과 오각형, 육각형, 팔각형이 얼기설기 섞인 무척이나 복잡한 형태의 모양이었는데, 그것이 하나로 연결이 되어 있었다.

그리고 더욱 그것을 신비롭게 하는 것이 있었다. 그 안에는 판타지 매니아들이 보았다면 환장했을 글자가 적혀 있었다.

북유럽 오컬트 문화에서 보면 마법사들의 문자라는 룬 (Rune)이라는 것이 있다.

기본적인 모양이나 뜻이 한자처럼 표의문자인데, 한자처럼 여러 형태의 룬이 모여 또 다른 글자와 뜻을 만들기도 하는 무척이나 복잡한 문자이다.

정교하게 그려진 룬에 붉은 쇳물이 흘러 들어가 금빛으로 빛나는 모습은 정말이지 환상적인 모습이었다.

그렇다 수한이 이곳에 만들고 있는 발전 시설은 다름 아닌 마법진을 이용한 시설이었다.

마법과 과학이 만나 발전 시설의 신기원을 연 것이다.

수한이 어린 시절 지리산에서 옥(玉)에서 마나를 찾아내면서 지구에서도 본격적으로 마법을 연구할 수 있게 되었다.

그리고 전생에 죽기 전 다짐을 했던 것처럼 자신이 속한 나라를 지키기 위해 공부를 하면서 지구에는 마법이란 것이 없으며, 마법을 대체하는 과학이란 학문이 있음을 깨닫게 되었다.

물론 전생에 마법사였던 수한은 그 지적 호기심을 충족시키기 위해 밤잠을 설쳐 가며 과학이란 학문을 익혔다.

그리고 과학과 마법의 차이점, 그리고 효용성에 관해 고찰을 하게 되었고, 급기야 마법과 과학 두 학문을 혼합하는 경지에 이르게 되었다.

마법이라는 신비의 학문 위에 과학이란 범용성을 가진 학문을 접목을 시키니 수한이 만들어 내는 물건들은 어느 누구도 생각지 못했던 것들이나, 아니면 현대 과학으로 실현은 가능하지만 효용성이 떨어지는 물건도 쉽게 만들 수 있게 되었다.

그런 것들의 대표적인 물건이 바로 천하 디펜스에서 생산하는 휴대용 대전차 미사일인 게이볼그와 대한민국 주력전차인 백호의 방호 시스템인 플라즈마 실드 발생 장치다.

그리고 지금 수한은 또 하나의 기적을 만들고 있는 중이다.

사람들은 이것이 단순한 발전 설비로 알고 있지만 수한은 이것을 단순한 발전 시설로 건설하는 것이 아니었다.

발전 시설을 만들려면 굳이 이렇게 엄청난 양의 귀금속을 사용해 마법진까지 그려 가며 설비를 만들 필요가 없었다.

수한이 이곳에 정작 만들고 싶은 물건은 다름 아닌 워프 게이트다.

워프(Warp). 워프의 뜻은 뒤틀리다. 휘다의 뜻을 가진 단어이다.

그리고 게이트(Gate) 이것 또한 말 그대로 문을 뜻한다.

워프와 게이트 두 단어를 합치면 뒤틀린 문, 또는 왜곡된 문 정도가 될 것이다.

수한은 전생에 죽기 전에 보았던 초장거리 이동 마법진인 워프게이트를 눈으로 확인을 했다.

그리고 그 작동 원리나 소요되는 마력의 양을 계산하여 로메로 왕국 왕족들을 탈출시키기까지 하였다.

그런 수한이기에 워프게이트에 관해서는 그 누구보다 잘 알고 있었다.

이론만 아니라 실질적으로 운용까지 했기에 마력만 충분하다면 직접 마법진을 그려 이동을 할 수도 있었다.

그렇기에 수한은 발전소를 건설한다는 목적을 표면에 내세우고 이면에서는 이렇게 이동 마법진인 워프게이트를 만들고 있다.

물론 이것을 건설하고 있는 작업자들은 아무것도 모르고 있었다.

자신들이 만들고 있는 것이 어떤 것인지 말이다.

지구에는 마법을 알고 있는 사람이 아무도 없기 때문이다.

뭐 지구상에 자신이 마법을 할 수 있다고 주장하는 사람도 몇 있기는 하지만 그들은 거의 대부분 사기꾼이거나 초자연적인 현상을 일으키는 초능력자였다.

수한처럼 진정한 마법사는 아무도 없다는 소리였다.

그러니 수한이 지금 건설하고 있는 워프게이트의 정체가 들킬 염려는 절대 없었다.

그런데 마법사도 아닌데 마법진을 그리고 있는 것에 의문을 가지는 사람도 있을지 모르겠지만 마법이란 것이 마법진만 그린다고 완성이 되는 것은 아니다.

정교하게 그려진 마법진은 필수이고, 이 마법진이 활성화 뒤기 위해선 필요한 마력과 마법사의 운용 능력이 필요하다.

수한이 전생에 로메로 왕국 지하에 그려진 장거리 마법진을 살폈던 것도 그런 맥락에서 그런 것이다.

현생에서는 정확한 마법진을 그리는 방법은 널려 있다.

전생에서 보다 더 정교하고 복잡한 마법진도 쉽게 그릴 방법은 아주 많다는 소리다.

컴퓨터 시뮬레이션을 이용해 마법진을 그리고 직접 마법진을 그려 실험을 하지 않더라도 마법진의 작동 원리를 컴퓨터에 입력하고, 그 값을 집어넣으면 시뮬레이션을 돌릴 수 있어 실제로 실험을 하지 않더라도 마법진이 실제로 작동하는지 먼저 알 수 있는 것이다.

마법이라고 해서 없는 현상이 벌어지는 것은 아니다.

자 연상태에 퍼져 있는 마나를 마법사의 몸에 있는 마력과 결합시켜 자연계의 현상을 임의로 일으키는 것이 바로 마법이기 때문에 과학으로도 충분히 같은 결과를 만들어 낼 수 있는 것이다.

다만 그에 필요한 에너지가 마법사가 마법을 사용하는 것보다 더 복잡하고 중간에 손실되는 에너지가 많을 뿐이다.

그 단적인 예가 바로 현대 과학으로도 플라즈마 실드 발생 장치를 만들 수 있다.

그렇지만 수한이 마법으로 간단하게 만들어 낸 플라즈마 실드 발생 장치를 과학의 힘으로만 만들기 위해선 엄청난 비용이 들어간다.

아니, 비용을 떠나 비슷한 위력을 보이기 위해 플라즈마 실드를 형성하려면 어마어마한 크기의 에너지 발생 장치가 필요하게 된다.

이는 전차의 엔진이 감당할 수 없는 크기가 될 것이 분명했기에 플라즈마 실드 연구에 가장 앞서고 있던 미국이 수한이 개발한 플라즈마 실드 발생 장치를 빼돌리려고 했던 것이기도 했다.

아무튼 수한은 과학으로 해결할 수 없는 부분을 마법으로 대체를 하고 또 마법으로 감당할 수 없는 부분은 과학으로 대체를 하여 목적을 이룰 계획이다.

이곳 고리 발전소 지하에 만들어지고 있는 초장거리 워프 게이트는 단순히 물건을 이동시키거나 로메로 왕국 지하에 있던 탈출용 이동 마법진이 아니다.

수한이 이곳에 만들고자 하는 것의 정체는 바로 탄도 미사일을 방어하기 위한 설비다.

탄도 미사일. 지구상에 그것을 방어하기 위해 연구되는 무기는 많았다.

미국은 1970년대 후반부터 소련의 대륙 간 탄도탄으로부터 본토를 지키기 위해 많은 탄도탄 방어 프로젝트를 구상하였다.

이것이 바로 스타워즈 프로젝트다.

스타워즈 프로젝트는 우주 공간으로부터 날아오는 대륙 간 탄도탄을 대기권이 아닌 우주에서 파괴하여 미국 본토를 지킨다는 계획으로 연구가 시작되었다.

이 연구는 하이프론티어 계획이라고도 불렸으며, 1981년 취임한 레이건 공화당 정권에 의해 정식으로 국방 정책에 채용되었다. 1983년 3월 대통령 연설에 전략 방위 구상이라는 이름에 붙여져 당시 미국 영화 스타워즈에 빗대어 스타워즈 계획이라고도 불렸다.

레이건 행정부 기간 내 5년 동안 250억 달러라는 엄청난 금액이 투입되어 연구된 무기들 중 인공위성에서 대륙 간 탄도탄을 요격하는 프로젝트와, 인공위성에 레이저 무기를 장착해 날아오는 미사일을 파괴하는 프로젝트가 있었다.

그렇지만 당시 기술로는 이런 프로젝트를 완성할 수 있는 기술력이 없었다.

들어간 비용에 비해 실효성이 떨어지고 또 당시 미국은 이 스타워즈 프로젝트에 들어간 천문학적인 비용 때문에 경제적 위기에 처해 있었다.

밑 빠진 독처럼 돈만 잡아먹는 프로젝트로 인해 민주당에서는 프로젝트 폐기를 주장하였다.

그렇지만 그동안 프로젝트에 들어간 비용이 있기에 전면 폐지는 아니고 계획을 축소하는 것으로 협의를 맺었다.

그래서 나중에 나온 프로젝트의 결과물이 바로 레이저포와 레일건이다.

물론 아직까지 두 무기는 완성이 되었다고 할 수 있는 무기는 아니다.

레이저 포는 화력과 사거리가 아직까지 문제가 많아 탄도 미사일 요격에 적합하지 않다.

그리고 레일건은 실용화에 성공을 하기는 하였지만 이 또한 탄도 미사일을 요격하기 위해선 보다 정교한 사격 통제 장치와 발사 속도를 극복해야만 하였다.

반세기 동안 연구를 하였어도 아직도 탄도 미사일을 완벽하게 방어할 수 있는 무기는 그 어느 나라도 완성하지 못했다.

그저 가능성만 엿보았을 뿐이다.

그런데 수한은 마법과 과학을 접목하여 이를 완성하려고 하고 있었다.

두 학문을 결합한다면 충분히 가능하다는 것을 시뮬레이션을 통해 확인하였다.

대륙 간 탄도탄을 요격하기 위해선 미사일이 날아가는 속도보다 빨라야 한다.

그런데 현 지구상 무기 중 대륙 간 탄도 미사일보다 빠른 것은 빛 에너지를 무기화 한 레이저뿐이다.

하지만 수한은 이 레이저보다 더 빠른 것이 있음을 잘 알고 있다.

그것은 바로 마법이다. 마법은 발동과 동시에 결과가 일어난다.

수한은 이런 마법의 특성을 이용해 100만 도가 넘는 온도를 가진 플라즈마 덩어리를 대륙 간 탄도 미사일이 날아오는 길에 올려 둔다면 탄도 미사일이 날아오다 100만 도가 넘는 플라즈마 덩어리에 미사일이 부딪쳐 파괴가 된다 생각을 하였다.

그래서 폐쇄된 고리 원자력 발전소 자리에 발전소를 짓고 그 지하에 초장거리 워프게이트를 건설하는 것이다.

초장거리 워프게이트에 들어가는 에너지를 충당하기 위해서는 그에 맞먹는 엄청난 양의 에너지가 필요하다.

전생에 수한은 배신한 로메로 왕국 근위기사들 때문에 불안정한 워프게이트를 조절하면서 손실되는 마나를 자신의 마력으로 대체를 했다.

당시 수한은 깨달음으로 인해 7클래스 대마도사였지만 8클래스 위자드 급의 마력을 몸에 가지고 있었다.

더욱이 왕궁 지하에 있던 워프게이트에는 마법진을 활성화하기 위해 최상급 마나석이 있었다.

그런데 지구에는 이런 최상급 마나석이 없다.

비록 수한이 마나석의 대체품으로 마나를 품은 옥(玉)을 발견하기는 했지만, 최상급 옥이라고 해도 마나의 양은 이케아 대륙의 마나석 광산에서 생산되는 중급 마나석 정도의 마나만 품고 있었다.

즉, 그 말은 지구상에서는 최상급 옥을 사용해도 수한이 원하는 효과를 볼 수 없다는 소리였다.

그렇다고 수한이 계획한 것을 이룰 수 없는 것은 아니다.

지구에는 과학이란 것이 있다.

비록 마나는 아니지만 마나와 비슷한 성질을 가진, 아니, 마나를 이루는 속성 중 하나인 전기를 엄청난 량을 만들어 낼 수 있는 설비가 과학으로 만들어 낼 수 있었다.

즉, 마나 대신 전기로 마나를 대신한다는 계획이다.

최상급 마나석이 없어도 그 이상 가는 전기를 마법진에 쏟아붓는다면 충분히 원하는 결과를 만들어 낼 수 있다.

그래서 발전 시설 지하에 비밀 공간을 만들어 초장거리 워프 마법진을 그리는 것이기도 했다.

그리고 이 시설은 단순히 탄도 미사일을 방어하는 목적만 있는 것은 아니다.

말 그대로 어떤 물체라도 이동시키는 것이 목적인 설비다.

만약 워프게이트를 이용해 지상 1,000㎞ 상공에서 무거운 물체를 낙하 시킨다면 이는 영화에서 나오는 재난급 피해를 입힐 수 있는 무기가 되는 것이다.

좋은 예로 스타워즈 계획의 일부인 '신의 회초리'란 무기가 있다.

이 신의 회초리라는 무기는 지상 100㎞ 상공에 6m 길이의 100㎏짜리 텅스텐 막대기를 지상에 떨어뜨리는 무기다.

만약 이 무기가 지상에 떨어진다면 이는 전술핵에 맞먹는 위력을 보인다고 한다.

단순 계산만으로도 TNT폭약 150kg의 위력이라고 하니 그 파괴력을 짐작할 수 있다.

그 정도면 작은 마을 정도는 초토화 될 것이고 진도 5 이상의 강진이 발생할 수 있는 위력이다.

그런데 수한이 계획한 이 워프게이트는 100kg자리가 아니라 그 10배 무게인 1톤도 충분히 상공에 올릴 수 있다.

무게가 2배 늘어날 때마다 파괴력은 4배가 올라간다.

그렇다면 무게가 10배가 올라가면 파괴력이 얼마나 늘어날지는 계산하지 않아도 짐작할 수 있을 것이다.

이쯤 되면 전술핵이 아니라 전략핵 급으로 그 파괴력이라 볼 수 있다.

수한의 계획이 이대로 순조롭게 흘러간다면 대한민국이 핵무장을 하지 않았다고 해도 그 이상의 위협적인 무기를 보유하게 되는 것이다.

그리고 이 무기는 핵무기처럼 방사능이 있어 국제적으로 제재를 받지도 않을 것이기에 전쟁 억제력을 가지기에 충분했다.

4.
대한민국 최초의 항공모함

파주 천하 컨소시엄 연구소.

한 여름인데도 이곳의 연구원들은 비지땀을 흘리면서도 한 점 흐트러짐 없이 연구에 매진을 하고 있었다.

그런데 특이하게도 연구소의 한 장소에서는 뭔가에 흥분을 한 것인지 연구원들의 표정이 붉게 상기되어 앞에 놓인 커다란 원형의 구체를 보고 있었다.

연구원들이 보고 있는 구체는 지름이 15m나 되는 아주 커다란 물체였는데, 그 표면은 기하학적인 문양이 새겨져 있었다.

반짝이는 크롬 광택의 아름다운 모습에 새겨진 기하학적

인 문양은 무척이나 신비로운 광경을 양산하고 있었다. 하나 무엇 때문에 구체에 그런 문양이 들어가 있는지 알고 있는 사람은 이 자리에 단 한 사람뿐이었다.

바로 구체를 설계한 수석 연구원인 정수한 바로 그뿐이다.

"박사님! 그런데 이게 정말로 광개토에 들어갈 심장입니까?"

한참 핵융합로를 지켜보던 연구원 한 명이 수한에게 질문을 하였다.

사실 눈앞에 있는 물체의 정체는 그가 알고 있는 핵융합로가 아니었다.

그저 사람들에게 알기 쉽게 알려 준 것이 바로 핵융합로였던 것이지 구체의 정확한 정체는 라이트닝 템페스트 마력로였다.

수한이 핵융합로에서 아이디어를 얻어 자신이 알고 있는 마법인 라이트닝 템페스트 마법진과 핵융합로를 섞어 만든 새로운 것이었다.

핵융합로라는 것이 우라늄이나 플루토늄과 같이 핵물질의 성질을 핵융합하여 열을 발생시켜 그것을 다시 전기로 환원하는 기술이다.

그런데 수한은 핵융합이 핵분열에 비해 얻는 에너지의 효율이 좋다고 하지만, 중간에 손실이 있는 것을 알았다. 원료에서 최대한 에너지를 얻기 위해 생각하던 중 환경에도 아무런 영향이 없고, 보다 안전한 에너지 생산 방법을 생각하다 설계한 것이 바로 이 라이트닝 템페스트 마력로다.

이미 어린 시절 마법진에 소모되는 마나석 대용품을 발견한 뒤이기에 규모를 키운다면 충분히 필요한 에너지를 무공해로 안전하게 얻을 수 있다는 생각에 마력로를 설계하였다.

물론 라이트닝 템페스트는 무척이나 위험한 마법이 맞다.

그렇지만 수한은 마력로 중심은 텅 빈 공간으로 비워 두고 라이트닝 템페스트 마법이 발동이 되면 그것을 강력한 중력장으로 마력로 내부에 묶어 둘 수 있게 설계를 하였다.

그리고 그렇게 생산된 전기는 직접 마력로에서 뽑아내 사용할 수 있게 하였다.

물론 실험을 할 때는 이렇게 커다란 크기의 마력로를 만들어 실험한 것은 아니었다.

컴퓨터 시뮬레이션을 거치고, 시뮬레이션 실험에 성공을 하였을 때, 다시 1m 크기의 소형 마력로를 만들어 실험을 하여 성공을 하면 데이터 수집과 기술을 축적하여, 2m, 5m, 10m 크기의 마력로를 만들어 기술력을 더욱 높였다.

그리고 최종적으로 15m 크기의 이 마력로를 만든 것이다.

이 15m 크기의 마력로는 대한민국이 가지는 최초의 항공모함 광개토대왕 함에 들어갈 예정이다.

항공모함 광개토는 대한민국이 미국과 플라즈마 실드 발생 장치를 판매하면서 구매한 항공모함이다.

물론 미국이 보유한 핵 항공모함은 구매할 수 있는 품목이 아닐 뿐만 아니라 사실상 판매를 한다고 해도 운용할 수도 없었다.

그렇기에 대한민국은 이때 핵 항공모함을 구입하기보단 이전 활약하던 키티호크급 항공모함을 구매하였다.

이 키티호크급 항공모함은 미국이 니미츠급 핵 항공모함을 충원하기 전까지 세계의 바다를 누비던 최첨단의 장비였다.

물론 원자로 엔진이 아닌 통상적인 엔진을 가지고 있었기에 핵 항공모함에 비해 운용할 수 있는 함재기의 숫자도 적고 또 많은 원료를 싣고 다녀야 했기 때문에 운용 승조원이나 운용 시간도 제한을 받았다.

그렇지만 그래도 10만 톤에 육박하는 엄청난 크기의 대형 항공모함이었다.

이런 항공모함이 니미츠급 핵 항공모함이 취역하면서 점차 퇴역을 하여 전쟁 비축 물자로 보관되고 있었는데, 대한민국이 이런 키티호크급 항공모함 중 1번함인 키티호크를 인수한 것이다.

물론 대한민국은 처음 계획대로 핵 항공모함 중 하나를 구매하려고 하였다.

전쟁 비축 물자로 구분되어 비축되고 있는 항공모함 중에는 최초의 원자력 추진 항공모함인 엔터프라이즈도 있었다.

그렇지만 미국은 한국의 이 엔터프라이즈 핵 항공모함의 구매 요구를 거절하였다.

이는 미국인들에게 엔터프라이즈라는 이름이 가지는 상징성 때문이었다.

미국인들의 반대로 엔터프라이즈를 구매할 수 없게 된 대한민국은 어쩔 수 없이 키티호크급 항공모함을 구매할 수밖에 없었다.

물론 키티호크가 나쁜 항공모함인 것은 아니다.

재래식 항공모함 중 키티호크만 한 항공모함을 가진 나라는 없기 때문이다.

아니, 대형 항공모함을 운용 중인 나라는 아직까지 전 세계에서 미국뿐이기에 나쁘다고만 할 수는 없었다.

다만 대한민국이 원자력 추진 항공모함을 원했던 것은 비원자력 항공모함에 비해 운용할 수 있는 공간이 더 넓기 때문이다.

남는 공간에 함재기를 더 넣을 수도 있고, 그도 아니면 항모 전단에 사용할 부식이나 무기를 더 많이 실을 수 있기에 초기에 원자력 항공모함을 원했을 뿐이다.

이미 천하 컨소시엄에서 항공모함에 들어갈 엔진을 개발하고 있다는 하였기에 그 계획에 맞게 인도 받으면 바로 개조를 하여 운용할 수 있게 하기 위해서였다.

그렇지만 원자력 항공모함을 구매할 수 없게 되었기에 키티호크급 항공모함 구매할 수밖에 없었으며, 엔진이 기존에 있던 엔진보다 소형이고 또 연료적재 공간이 필요 없기에 개조가 불가결하였다.

엔진룸과 연료실도 개조를 해야 하고 또 남는 공간을 유용하게 만들어야 하기에 개조하고 또 운용시험까지 거친다면 처음 계획보다 대한민국 해군의 항공모함 보유 계획은 차질을 빚을 수밖에 없게 되었다.

그렇지만 그래도 대한민국 해군은 얼마 뒤 항공모함을 가질 수 있다는 생각에 기분이 좋을 뿐이다.

그리고 지금 천하 컨소시엄에서 만들어지고 있는

LTR(라이트닝 템페스트 마력로)의 출력은 400만kW급으로 결코 미국이 운용 중인 니미츠 급 원자력 항공모함의 원자로에 뒤지지 않았다.

여기에 먼저 개발한 200만kW급 보조 LTR을 갖출 예정이기에 충분히 미국의 항공모함에 견줄 수 있는 전력을 가질 것으로 예상하고 있다.

아무튼 현재 15m급의 LTR이 조립이 되고 있는 모습을 지켜보는 연구원들의 표정이 하나같이 흥분되고 있었다.

최초 개발된 15m급 LTR은 이곳 파주 연구소 지하에 설치되어 연구소에 전력을 공급하고 있었으며, 실험 성공 후 생산된 LTR은 생산되자마자 고리 발전소에 납품이 되었다.

고리 발전소에는 세 대의 LTR이 설치되어 년간 1,200만kW의 전력을 생산할 예정이다.

그리고 전국에 산재한 원자력 발전소는 전진적으로 보다 안전하고 또 핵폐기물이란 오염물질을 배출하지 않는 LTR 발전으로 대체될 예정에 있었다.

대한민국은 2016년 이후로 빈번하게 발생하는 지진으로 인해 더 이상 한반도가 지진 청정 지역이 아님을 다시 한 번 깨닫게 되었다.

그러자 국민들은 불안에 떨기 시작하였다.

2011년에 있었던 쓰나미로 인해 발생한 일본의 후쿠시마 원자력 발전소 폭발 사고를 떠올리게 되었다.

그런 생각이 떠오르기 무섭게 대한민국 내에 전력을 생산하는 원자력 발전소가 안전한가라는 의문을 가지게 되었다.

더욱이 한차례 원자력 발전소 건설 납품 비리로 인해 몸살을 앓았던 터라 더욱 불안감은 심화되었다.

이 때문에 잦은 고장으로 운행이 중단되던 고리 원자력 발전소의 원자로를 폐쇄한 것이 아닌가.

그러니 불안감에 떨던 원자력 발전소 인근 주민들의 불안감을 해소할 필요성이 있었다.

이때 대안으로 나온 것이 바로 천하 에너지와 천하 컨소시엄이 합작해 만든 LTR 발전이었다.

어떠한 산업 폐기물도 나오지 않으며 화력 발전처럼 매연이 나오는 것도 아니다.

그렇기에 대한민국 정부는 핵발전에 대한 국민들의 불안감을 해소하기 위해 천하 그룹에서 개발한 이 LTR발전 핵발전의 대체제로 보고 장기 계획을 발표하였다.

이 때문에 현 정부의 지지율은 급속히 늘어나게 되었다.

아무튼 광개토대왕 함이라 명명된 대한민국 해군 최초의 항공모함에 들어가게 될 심장을 조립하고 있는 공정을 지켜보던 수한은 자신에게 질문을 한 연구원을 잠시 돌아보았다.

사실 질문을 한 사람은 이곳 천하 컨소시엄의 연구원이 아니라 광개토대왕 함에 들어갈 엔진을 보기 위해 찾아온 해군의 관계자였다.

그런 그가 연구원 복장을 하고 있는 이유는 이곳 LTR 조립 공정을 하는 이곳이 무공해 조립 시설이기 때문이다.

반도체에 버금갈 정도로 정교한 작업을 하는 곳이기에 한 점 티끌도 들어가지 않게 하기 위해 일반 복장이 아닌 연구원들도 특별하게 제작된 복장을 하고 에어샤워 룸을 거쳐 들어올 수 있는 곳이 바로 이곳 조립 공장이다.

그러했기에 해군 관계자도 이곳 연구원들과 같은 복장을 하고 있었던 것이다.

흥분해 질문을 하는 그에게 수한은 친절하게 대답을 해 주었다.

"그렇습니다. 저기 옆에 조립되어 있는 200만kW급 발전기와 눈앞에 있는 400만kW급 발전기 2기가 광개토대왕 함에 들어갈 것입니다."

수한은 조립 공장 한쪽에 덩그러니 놓여 있는 10m 크기의 구체를 언급하며 그에게 대답을 해 주었다.

수한의 대답에 해군 관계자도 시선을 저 뒤쪽에 놓여 있는 눈앞에 있는 구체보다 조금 작은 크기의 구체에 시선을 주었다.

그런데 크기는 별로 차이가 나지 않는데, 출력이 2배나 차이가 나는 것에 고개를 갸웃거렸다.

"크기는 별로 차이가 나지 않는데, 출력이 2배나 차이가 나는군요. 왜 그런 것입니까?"

별로 차이도 나지 않는 것 같은데 출력이 2배나 나는 것에 고개를 갸웃거린 그는 궁금증을 참을 수가 없었다.

"들어가는 기술과 발전 효율 때문에 그렇습니다."

수한은 자세한 설명을 해도 그가 알아들을 수 없다는 것을 알기에 그저 간단하게 들어가는 기술과 발전 효율이 다르다고 설명을 하였다.

그런 수한의 대답에 남자는 고개를 끄덕였다.

사실 이곳에서 LTR을 조립하고 있는 연구원들도 LTR에 관해서는 아무것도 모르고 있었다.

그도 그럴 것이 작동 원리에 관해선 전혀 과학적으로 설명이 되지 않기 때문이다.

그들이 알고 있는 상식과 지식으로는 도저히 판단할 수 없는 것이 바로 수한이 설계한 LTR이다.

"언제쯤 저것을 광개토에 이식할 수 있겠습니까?"

해군 관계자는 400만kW의 심장을 단 광개토대왕 함이 보고 싶은 마음에 언제쯤 들어갈 수 있는지 질문을 하였다.

그런 그에게 수한은 담담히 답변을 해 주었다.

"지금 진행대로라면 발전기의 조립이 일주일 후면 끝날 것입니다. 다만 거제도에서 개조 중인 광개토의 작업이 이 달 말일이나 돼야 끝난다고 하니 저것이 광개토에 들어가려면 최소 내달 중순은 돼야 하지 않겠습니까?"

수한의 말에 해군 관계자는 고개를 끄덕일 수밖에 없었다.

사실 원래 계획대로라면 눈앞에 있는 LTR이 아니라 저 뒤에 있는 200만kW급의 LTR이 광개토에 들어가야 했다.

그런데 계획과 다르게 미국에서 들여오는 항공모함이 제 시간에 인도되지 못했다.

그 이유는 처음 대한민국이 욕심을 부려 키티호크가 아닌 엔터프라이즈를 미국에 요구한 것 때문에 협의가 늦어졌다.

결국 시도는 실패로 돌아가고 키티호크까지 계획보다 늦게 인도되었다.

인도 시기가 늦어진 것 때문에 키티호크의 외부 갑판을 거둬 내고 엔진 룸과 연료 적재 함을 개조하는 시간이 늦어지게 된 것이다.

모든 계획이 늦춰지자 수한은 LTR의 연구를 더하여 기존에 있는 200만㎾급에서 2배나 높은 400만㎾급 LTR을 개발하였다.

광개토대왕 함은 이로 인해 최초 계획한 200만㎾급 LTR 2기를 배치하는 것에서 최신형인 400만㎾급 1기와 기존 200만㎾급 1기를 이식하기로 계획을 변경하였다.

그리고 해군에서는 더욱 엔진의 성능이 좋아진다는 것에 거부하지 않고 수용을 하였다.

해군으로서는 인도 시기가 늦어지기는 했지만 더욱 성능이 업그레이드 되어 인도 받는 것이니 싫을 리가 없었다.

그런데 천하 그룹으로서도 손해나는 것은 아무것도 없었다.

비록 최신형 LTR이 개발되면서 기존에 개발한 LTR들의 사용처가 애매해졌는데, 그것을 해군이 일부 해결을 해주었다.

그것은 바로 해군 함정의 발전 시설을 LTR로 교체를 한다는 제안 때문이었다.

어차피 해군의 함정도 장비 업그레이드 계획에 따라 부분 개장을 해야만 했는데, 엔지의 성능 업그레이드도 이에 포함이 된다.

그러니 천하 그룹에서 보유하고 있는 저용량 LTR을 해군 함정에 교체만 해도 충분히 성능 업그레이드를 할 수 있으니 충분히 가능한 일이었다.

해군은 이번 기회에 의욕적으로 해군 전력 향상을 위해 국방부에 많은 예산을 신청하고 있었는데, 확보한 예산을 이번 기회에 확실하게 해군의 전력을 향상할 계획이다.

해군에서는 천하 컨소시엄이 플라즈마 실드 발생 장치의 해군 함정용 버전이 개발되고 있다는 정보를 확보하였다.

다만 해군용은 군함의 크기와 대함 미사일을 방어해야 하는 것 때문에 출력이 백호에 들어가는 플라즈마 실드보다 에너지 용량이 크다는 단점을 가지고 있었다.

이런 문제를 해결하기 위해 연구를 하고 있다는 정보를 전해 들은 해군에서는 이번 참에 해군 함정의 발전시설을 업그레이드하여 미리 대비를 하기로 하고 이런 결정을 한 것이다.

사실 현 대한민국 해군에게 북한 해군은 더 이상 적수가 아니었다.

다만 독도와 동해를 두고 벌어지는 일본과의 신경전이 새롭게 떠오른 해군의 고민거리가 되었다.

객관적인 전력에서 일본 해군과 대한민국 해군의 전력 차이는 2배 이상이었다.

미사일이나 적대 세력의 공중 전력을 방어해야 하는 이지스 함의 숫자에서도 대한민국은 일본에 비해 열세다.

그리고 이지스 함뿐 아니라 구축함의 배수량이나 성능 그리고 숫자에서도 대한민국 해군은 일본을 따라갈 수가 없다.

그뿐 아니다. 일본은 해군뿐 아니라 우리나라 해경에 해당하는 조직의 전력도 무시할 수가 없다.

말이 해경이지 그들은 중국의 무장경찰처럼 우리나라 해군에 준하는 3천 톤 급 이상의 함정으로 무장을 갖추고 있다.

이렇듯 대한민국 해군의 전력은 일본 해군에 비해 약세다.

그런데도 일부 정치인들은 일본이 대한민국과 동맹이니 그리 걱정하지 않아도 된다는 어이없는 소리를 지껄이고 있다.

현대 사회에 영원한 우방도 적도 없다.

자국의 이익과 반하는 세력과 영원히 동맹을 하는 나라도 없다.

조금이라도 자국에 이익이 된다면 비인간적인 행위라도 마다하지 않는 것이 세계의 경찰국가를 자처하는 미국의 행동이고 그런 사례는 무척이나 많았다.

그러니 대한민국은 자주국방, 동맹이라도 언제나 경계를 해야 하는 것이 맞았다.

몇 달 전 플라즈마 실드 발생 장치의 비밀을 알기 위해 특수부대를 보낸 이들이 바로 일본과 미국이지 않은가.

중국이야 외교 관계 수립을 하기는 했지만 동맹은 아니니 서로 스파이를 보낸다고 해도 된다 하지만 동맹 관계인 미국이나 일본은 그렇지 않았다.

동맹이면서도 특수부대를 보내 비밀 작전을 하는 것을 봤을 때 마음 놓고 있다가는 언제 뒤통수를 맞을지 모르는 일이다.

이미 이런 생각은 대한민국 군 내부에 많이 퍼졌다.

예전이야 한미동맹이 아니면 북한의 위협에서 벗어날 수 없다고 생각하는 장성들이 많았기에 주한미군 철수라는 미국의 압박에 전전긍긍하던 시절이 있었지만 시대가 변하고 또 국민들의 인식이 변했다.

물론 아직도 자신만의 이상에 빠져 허우적거리는 위인들이 없는 것은 아니지만 말이다.

아무튼 현재 대한민국 군은 남에게 기대지 않고 홀로 일어서기 위해 노력 중이었다.

◆　　　◆　　　◆

도쿄 신오쿠보의 한 전통 요리집 사쿠라.

평상시라면 이곳 사쿠라에는 일본의 정관계 인사는 물론이고 상위 1%의 유명 인사들이 북새통을 이루고 있어야 하겠지만, 오늘은 웬일인지 무척이나 조용하고 또 긴장감이 흐르고 있었다.

가게 복도에 검은 양복을 입은 남자들이 지키고 있었는데, 선글라스를 쓰고 또 귀에 무전기를 꽂은 모습을 보니 경호원들로 보였다.

아마도 뭔가 아주 중요한 사람이 이곳을 찾는 것인지 사쿠라의 내외부 모두 경호원들로 둘러싸여 있었다.

끼익!

사쿠라의 입구에 검은색으로 짙게 선팅을 한 차량이 들어왔다.

차가 들어오자 굳은 자세로 가게 입구에 서 있던 경호원으로 보이던 사람들이 차량 주변을 둘러쌌다.

턱!

"도착했나?"

차에서 내린 사람은 오카야마 신이치 일본의 총리였다.

오카야마 총리가 이곳 사쿠라를 찾은 것은 오늘 이곳에서 미국의 국무장관인 리노 레이놀즈와 비밀 회담이 있었기 때문이다.

"아직 도착하지 않았습니다."

총리의 질문에 경호원 중 한 명이 대답을 하였다.

경호원의 대답을 들은 오카야마 총리는 조용히 가게 안으로 들어갔다.

"총리님 어서 오십시오."

오카야마 총리가 가게 안으로 들어서자 가게 안에서 사쿠라의 주인이 그를 맞았다.

사쿠라의 주인은 총리가 도착을 하자 인사를 하고 조용히 안내를 하였다.

이미 사전에 연락을 받았기에 오늘은 일절 손님을 받지 않고 총리를 특실로 모셨다.

사실 이곳 사쿠라는 일본의 정보 조직인 NNSA에서 국내 정보를 수집하고 있는 장소 중 하나다.

어느 나라나 마찬가지로 술집에 들어오는 기업인이나 정치인들에게서 흘러나오는 정보만 취합해도 그 나라가 어떻게 돌아가고 있는지 알 수 있었다.

더욱이 술과 미인이 있는 곳이라면 남자들의 방심이 무방비로 풀리는 것을 잘 알고 있기에 NNSA나 정보를 취급하는 단체들은 사쿠라와 같은 고급 음식점을 운영한다.

아무튼 NNSA의 비밀 업소인 이곳 사쿠라의 특실은 비밀 회담을 하기에도 좋았다.

원래 그런 목적으로 지어진 것인지 아니면 우연인지는 모르겠지만 아무튼 사쿠라의 특실은 특이하게도 건물 하나에 방 하나만 있는 독실이었다.

그리고 문과 창문 또한 이중으로 되어 있으며 그 밖으로 음파 차단 펜스까지 있어 원거리에서 도청을 할 수 없는 구조로 설계가 되어 있었다.

"손님이 오시면 바로 이곳으로 모시도록."

"하이!"

오카야마 총리는 특실로 들어와 자리에 앉으며 자신을 안내한 사쿠라의 사장에게 손님인 리노 레이놀즈 국무장관이 도착하면 바로 이곳으로 모셔 오라는 지시를 하였다.

그런 총리의 말에 사장도 고개를 숙이며 바로 대답을 하였다.

사쿠라의 사장이 밖으로 나가고 오카야마 총리는 미간을 찡그리며 뭔가 생각을 하기 시작했다.

[한국 국방부 발표에 의하면 오늘 오전 10시 해군은 미사일 발사 시험을 실시하였다고 합니다. 동해 1함대 기함인 광개토대왕 함에서 발사된 하푼 대함 미사일 세 발을 발사하였는데, 제주 해군 기지를 출발한 기동함대 기함인 세종대왕 함에서 제주도 동쪽 50㎞ 지점에서 요격을 하였습니다. 하푼 대함미사일은 미국이 1977년 개발한 군함을 파괴하는 미사일로서⋯⋯. 우리 기술로 만들어진 요격 미사일은 그동안 해군이 사용하던 SM—2, SM—3미사일을 대체할 것으로 전망하고 있습니다. 이번에 발사된 요격 미사일은 천하 디펜스에서 개발한 것으로⋯⋯ 200㎞ 내에 있는 어떤 공중에서 요격할 수 있는 첨단 미사일입니다. 이는 그동안 논란이 되고 있는 한국형 미사일 방어(KAMD)체계를 구축할 수 있는 길이 열린 것이라 할 수 있습니다. KAMD가 무엇이냐 하면⋯⋯ 그동안 대한민국은 북한의 미사일의 위협에서 벗어나기 위해 미국의 요격 미사일인 사드(THAAD)와 SM—3를 도입하려 하였지만 군함에서 발사하는 SM—3미사일은 도입이 되었지만 지상에서 발사하는 주변국의 반대로 사드(THAAD)미사일은 도입하지 못하였습니다. 이는 미국과 중국의 첨예한 대립으로 무산된 것으로⋯⋯. 그렇지만 이번 천하 디펜스에서 개발한 낙일(落日)로 인해 주변국의 눈치를 보지 않고 자체적으로

MD(미사일 방어 체계)체계를 구축할 수 있게 되었습니다. 천지디펜스의 발표에 의하면 조만간 낙일의 육상 버전도 개발할 계획이라고 합니다. 지금까지 NHH기자 신타로였습니다.]

얼마 전 한국에서 전해진 요격 미사일 발사 시험에 대한 뉴스가 머릿속에 떠올랐다.

그 뉴스를 생각하자 저절로 두통이 생기는 것만 같았다.

한국이 개발했다는 요격 미사일 발사 시험을 한다는 것은 뉴스가 나오기 전 요원들에 의해 사전에 알고 있었다.

다만 요원들의 판단과는 다르게 한국의 요격 미사일의 성능이 생각보다 우수했던 것이다.

한국 해군이 요격 미사일 시험에 사용한 대응 미사일은 일본 해군도 주력으로 사용하는 대함 미사일이었다.

사실 대함 미사일 하면 꼽히는 미사일들이 있는데, 미국의 스텐더드 미사일(SM—2, SM—3), 프랑스의 엑소세 미사일, 러시아의 스틱스 미사일 등이다.

그중에 동북아 삼국인 한국, 중국, 일본 이 세 나라 중 중국은 공산국가라 그런지 러시아제 스틱스 미사일을 사용하고, 한국과 일본의 해군은 대함 미사일로 미국의 스텐더드 미사일을 사용하고 있으며, 그중에서도 최신형인 SM—3D

형을 사용하고 이었다.

그리고 그 SM―3D미사일이 이번 요격 실험에 세 발이 발사가 되었고, 요격에 모두 성공을 하였다.

그동안 한국과 일본의 전력 비교는 대체로 육군을 뺀 해군과 공군의 전력은 일본이 월등하다고 평가하였다.

그런데 이번 요격 미사일 실험으로 인해 그런 비교 우위를 100% 장담할 수 없게 되었다.

아무리 일본 해군의 군함들이 한국 해군의 함정들에 비해 우수하다고 해도 맞춰야 우위를 차지할 수 있다.

하지만 한국 해군은 자국이 보유한 요격 미사일보다 더 우수한 것으로 평가되는 걸 개발하였고, 실제로 성능 실험에서 100% 요격을 성공하였다.

이 때문에 오카야마 총리의 고민은 이만저만이 아니었다.

날로 심해지는 지진으로 인해 국민들은 불안에 떨고 있고, 이 때문에 정치인들은 자신들의 입지를 위해 너도 나도 국민 안정에 대하여 성토하고 있었다.

이러한 때에 일부 의원들 사이에서 전쟁을 해서라도 안전한 해외 영토를 차지하자는 이야기가 나왔다.

처음에는 전쟁이란 말에 많은 의원들이 말도 되지 않는다며 반대를 했었는데, 어느 순간 분위기는 반전이 되어 전쟁을 해서라도 지진에서 안전한 해외 영토에 대한 욕심을 내기 시작하였다.

이 모든 것의 원인은 우익단체들의 여론 조장도 있었지만, 갈수록 잦아지는 지진과 언제 분출할지 모르는 화산, 그리고 쓰나미였다.

하도 지진이 잦다 보니 진도 5 미만의 지진은 놀라지도 않게 된 일본인들이다.

그렇지만 잦아지는 진도 6 이상의 강진과, 전국에 산재되어 있는 원자력 발전소는 일본인들에게 제2의 후쿠시마 사태를 생각나게 하였다.

2011년 당시 땜질식으로 언론을 통제하여 피해 규모를 축소하였지만 이미 알 만한 사람들은 다 알고 있었다.

일본의 동북부는 사람이 살기 위험할 정도로 오염이 심각하다는 것을 말이다.

당시 후쿠시마 원전에서 누출된 방사능은 이루 말할 수 없는 피해를 양산하였고, 후쿠시마 원전이 폭발한 지도 어언 15년여가 되어 가지만 아직도 그 피해는 진행형이다.

아직도 100년은 더 방제 작업을 해야 인간이 살 수 있을 정도로 정화를 할 수 있을 것으로 보고되고 있어 이 또한 오카야마 총리를 스트레스 받게 하고 있었다.

똑! 똑! 똑!

"총리님! 손님이 도착하였습니다."

특실 밖에서 대기를 하고 있던 비서가 노크를 하고 들어와 리노 레이놀즈 국무장관이 도착했음을 알렸다.

비서의 보고에 오카야마 총리는 자리에서 일어나 옷매무새를 가다듬었다.

오카야마 총리가 그렇게 정리하고 있을 때 미국의 국무장관인 리노 레이놀즈가 방 안으로 들어왔다.

"어서 오십시오."

오카야마 총리를 특실 안으로 들어서는 리노 레이놀즈 국무장관을 보며 고개를 숙이며 인사를 하였다.

그런 오카야마 총리의 모습에 리노 레이놀즈 국무장관은 그저 손을 내밀며 오카야마 총리의 인사를 받았다.

"환대해 주셔서 감사합니다."

서로 악수를 나눈 두 사람은 자리에 앉았다.

자리에 앉은 두 사람은 가볍게 담소를 나누며 이야기를 시작하였다.

"국무장관께서도 한국의 요격 미사일 실험을 보셨습니까?"

오카야마 총리는 이야기를 하다 말고 뜬금없이 질문을 하였다.

그런 오카야마 총리의 질문에 리노 레이놀즈 국무장관은 조용히 고개를 끄덕이며 대답을 하였다.

"네, 한국의 기술력이 상당하더군요."

리노 레이놀즈 국무장관은 진심으로 한국의 요격 미사일에 대하여 놀라고 있는 것인지 아니면 그냥 별거 아니라 그렇게 말하는 것인지 칭찬을 하였다.

그런 레이놀즈 국무장관의 대답에 오카야마 총리는 조금 인상을 구기며 말을 하였다.

"그런데 우리 일본으로서는 심히 우려가 됩니다. 장관도 아시겠지만 동북아시아는 중동이나 발트해 못지않게 불안정한 곳입니다. 날로 팽창하는 중국의 팽창주의는 세계 평화에 불안을 야기하고 있습니다."

오카야마 총리는 동북아시아의 정세에 대하여 역설하기 시작하였다.

그런 오카야마 총리의 말에 리노 레이놀즈 국무장관은 눈을 반짝이며 귀를 기울였다.

리노 레이놀즈 국무장관이 자신의 이야기에 관심을 보이는 듯하자 오카야마는 탄력을 받은 듯 그의 입에서 술술 이야기가 풀리기 시작하였다.

"중국은 세계의 블랙홀과 같은 나라입니다. 값싼 임금을 무기로 세계의 자본을 청소기마냥 빨아들이고 있습니다. 그런데 여기서 중국은 그렇게 벌어들인 자본을 군사력 팽창에 사용한다는 것이 문제입니다."

오카야마는 중국이 패권국을 꿈꾸며 초강대국 미국을 최대의 라이벌로 생각하며 군사력 증강에 힘을 쏟는 것에 대하여 이야기를 늘어놓았다.

"그동안 우리 일본은 동맹인 미국과 보조를 맞춰 중국의 팽창을 막고 있었습니다. 그런데 현재 동북의 또 다른 동맹인 한국은 미국과 일본의 노력을 수포로 돌리려고 하고 있습니다."

"그게 무슨 소립니까?"

레이놀즈 국무장관은 지금 오카야마 총리가 너무 엉뚱한 말을 하고 있어 고개를 갸웃거리며 그가 무슨 소리를 하는 것인지 물었다.

그런 레이놀즈 국무장관의 질문에 오카야마 총리는 한국의 군사력 증강이 중국의 팽창주의에 명분을 부었다는 말을 하였다.

"그동안 우리 일본은 중국의 팽창을 막기 위해 국방예산을 최대한 줄이며 주변국에 명분을 주지 하기 위해 자제를 하였습니다. 그런데 한국은 이런 우리 일본의 노력을 무시하고 군사력 증강에 온 힘을 기울이고 있습니다. 이 때문에 중국도 이것을 핑계로 군사력 증강을 하고 있습니다. 네 척의 항공모함 건조에 이어 또 새로이 세 척을 더 건조하는 것은 물론이고, 최신 핵잠수함을 열한 척이나 새롭게 건조 명령을 했다고 합니다. 뿐만 아니라 최신형 스텔스 전투기인 젠—31을 새롭게 건조되는 세 척의 항공모함에 맞게 120대 더 양산하도록 하였다고 합니다. 이 모든 것이 동북아 평화에 역행하는 한국 때문에 벌어진 일입니다."

오카야마 총리는 한국이 국군의 노후 된 장비를 교체하기 위해 시행하는 사업을 군사력 증강이라 말하고 또 이것이 동북아시아의 평화를 해치는 주범이라 떠들고 있었다.

참으로 어처구니없는 말이 아닐 수 없었다.

지금 오카야마 총리의 주장은 그저 내정 간섭일 뿐이다.

한국의 국군이 현재 교체하려고 하는 장비들은 벌써 예전에 박물관에 전시된 장비들뿐이다.

육군의 주력전차로 채택된 K—3백호는 그동안 운영되던 M48 패튼 전차와 개발된 지 40년이 되어 가는 K—1전차다.

이 두 전차는 현대 주력전차에 사용되는 120㎜의 주포가 아닌 105㎜주포를 가지고 있어 화력면에서 엄청난 열세라 한국을 둘러싼 국가들의 주력전차와 비교했을 때 상대가 되지 않았다.

물론 한국의 주력전차는 120㎜주포를 가지고 있는 K—2 흑표였지만, 이 전차는 파워팩의 문제로 초기 모델 200대를 생산하고 중단이 되었다.

그러한 사실을 잘 알고 있고, 또 현재 한국이 진행하고 있는 전력 증강 사업이 결코 동북아시아의 평화와 아무런 관계가 없다는 것을 잘 알고 있는 리노 레이놀즈 국무장관이지만 오카야마 일본 총리의 말을 반박하지는 않았다.

일본이 이렇게 이야기를 한다고 해서 미국에 손해가 없기 때문이다.

아니, 어쩌면 이 일로 일본이 자국의 무기를 더 구입할 수도 있다고 생각하니 오카야마 총리의 말을 어느 정도 들어주는 것도 좋을 것이란 판단을 하였다.

"더욱이 이번에 미국으로부터 항공모함을 구입하지 않았습니까? 이 때문에 중국이 항공모함을 더욱 건조하려고 하는 것입니다."

사실 중국이 항공모함을 더 건조하는 것과 한국이 미국으로부터 비축물자로 분류된 재래식 항공모함을 들여온 것과 아무런 연관이 없었다.

아니, 오히려 일본의 팽창이 중국을 자극한 것이 원인이었다.

일본은 중국과 센카쿠 열도를 두고 영토 분쟁을 오래도록 하고 있었다.

더욱이 일본은 혼자선 중국을 감당할 수 없다 판단하고 미국에 손을 내밀었다.

막대한 돈을 들여 군수지원 함을 건조하고 그것을 항공모함으로 전용하기 위해 아직 개발이 완료되지도 않은 수직 이착륙 스텔스 전투기인 미국의 F—35를 대량 구매하였다.

그리고 미국산 전투기를 대량 구매한 것을 빌미로 일미동맹을 공고히 하며 일본이 선점하고 있는 센카쿠 열도에 대한 지배권을 강화하기까지 하였다.

그러니 중국이 일본의 뒤에 있는 미국을 상대하기 위해선 미국의 태평양 함대를 상대할 전력이 필요했다. 그래서 특유의 물량으로 미국을 상대하기 위해 해군 전력을 강화하기 위한 신형 군함 건조는 물론이고, 현대 해군 전력의 핵심이라 할 수 있는 항공모함을 대량 건조하게 된 것이다.

그런데도 오카야마 총리는 모든 것을 한국이 군사력 증강 때문이라며 몰아가고 있었다.

"우리 미국은 한국이 벌이고 있는 일을 막을 수 없습니다."

리노 레이놀즈 국무장관은 지금 오카야마 총리가 하고자 하는 말이 무엇인지 잘 알고 있었다.

이미 CIA로부터 정보를 받았기에 현재 일본이 어떤 일을 벌이려고 하는지 잘 알고 있으며 오카야마 총리가 오늘 자신에게 어떤 제안을 할 것인지도 잘 알고 있었다.

이미 상대의 카드를 다 알고 있으면서도 최대한 이익을 얻기 위해 레이놀즈 국무장관은 오카야마 총리의 말에 살짝 반대 의견을 내놓았다.

솔직히 레이놀즈 본인도 막을 수 있으면 한국의 행보를 막고 싶었다.

한국이 발전하는 것은 좋은데 자신들의 손아귀에서 벗어나는 것은 미국의 이익에 절대로 좋은 일이 아니기 때문이다.

그렇지만 이번만큼은 어쩔 도리가 없었다.

한국이 가진 패가 너무도 강력했기 때문이다.

더욱이 정보에 의하면 자신들이 구매한 플라즈마 실드 발생 장치 말고도 해군용으로 개발된 플라즈마 실드 발생 장치가 있다는 것이다.

어떻게 해서든 그것을 수중에 넣기 위해서는 한국의 비위를 맞춰 줘야 할 처지에 놓인 것이 현재 미국 정부다.

그런데 아무리 일본이 많은 미국산 무기를 구매해 준다고 해도 일본의 편을 들어 줄 수는 없는 것이 현재 미국 정부 입장이다.

이렇듯 자국의 이익이 걸린 문제는 철저히 계산을 하는 미국이기에 오늘만큼은 일본의 손을 들어 줄 수 없는 것이다.

어차피 한국이나 일본 두 나라 모두 미국에게는 자신들의 무기를 팔아먹을 수 있는 봉일 뿐이고 또 미국이 생산하는 무기가 우수하다는 것을 알리는 첨병이다.

그러니 누구의 손을 일찍 들어 줄 이유도 없었다.

"그렇게 말씀하신다면 좋습니다. 그럼 저희도 주변국의 전력에 뒤떨어지지 않기 위해서라도 전력 증강을 하겠습니다."

오카야마는 자신의 생각과 다르게 레이놀즈 국무장관이 쉽게 넘어오지 않자 차선책으로 계획한 것을 꺼내 들었다.

그것은 바로 일본의 군비 증강이었다.

중국이 세 척이나 더 항공모함을 건조하고, 몇 수 아래라 평가하던 한국도 최근 무시 못할 정도로 군사력을 증강하는 것 같자 일본도 그에 발맞춰 군사력을 증강하겠다고 선언을 하였다.

그런 오카야마 총리의 말에 레이놀즈 국무장관은 속으로 미소를 지었다.

자신들의 생각대로 움직여 주는 일본 총리의 반응에 너무도 기뻤다.

요즘 들어 자신들의 예상을 벗어난 행보를 하는 한국과 다르게 일본은 언제나 자신들의 예상 범위 안에서 움직이고 있는 것에 안도의 한숨을 하기도 하였다.

"핵은 안 됩니다."

레이놀즈 국무장관은 느닷없이 말을 하였다.

이 말에 입을 열려던 오카야마 총리는 순간 긴장을 하였다.

사실 일본은 극비리에 핵무장을 하기 위해 준비를 하고 있었다.

그런데 어떻게 알았는지 레이놀즈 국무장관이 핵무기에 관한 언급을 하자 깜짝 놀란 것이다.

"일본은 미국의 핵우산 속에서 평화를 얻을 것입니다. 그러니 엉뚱한 생각을 하지 마십시오. 다른 어떤 것도 허용을 하겠지만 핵무기만큼은 아무리 오랜 친구 같은 일본이라고 해도 용납할 수 없습니다."

아무리 일본과 가깝게 지낸다고 해서 미국은 2차 대전 하와이 진주만의 교훈을 잊은 건 아니었다.

미국은 일본의 근대화를 돕기 위해 많은 것을 지원해 주었다.

그런데 일본은 1941년 12월 7일 미국의 태평양 함대 사령부가 있는 하와이 진주만을 기습 공격하였다.

아무런 사전 선전포고도 없이 한 공격으로 당시 미국의 태평양 함대는 괴멸에 가까운 피해를 입었다.

다행히 엄청난 생산력을 가진 미국이기에 기습 공격에서 살아남은 전력과 새롭게 생산된 함정들 그리고 엄청난 숫자의 장병들이 목숨을 잃고서는 전쟁을 승리하였다.

그런 전례가 있는 일본이기에 레이놀즈 국무장관은 인류 최악의 병기인 핵무기에 관해선 선을 그었다.

핵을 뺀 어떤 무기도 미국은 막아 낼 자신이 있었다.

그렇지만 핵무기만큼은 예외였다. 만의 하나라는 것이 있다.

단 한 발이라도 방어에 실패를 한다면 미국이라도 돌이킬 수 없는 일이다.

그러니 미국의 입장에서 자국을 위협할 수도 있는 무기를 일본이 갖는 것을 허락할 수 없었다.

레이놀즈 국무장관의 강력한 거부 발언에 오카야마 총리도 입을 다물었다.

조금 전까지만 해도 화기애애하게 진행되던 회담은 핵이라는 단어 하나 때문에 급격하게 냉각되었다.

거제도 천하 조선.

거제도에는 대한민국의 많은 조선소들이 자리하고 있는데, 그중에 천하 그룹 계열사인 천하 조선도 자리하고 있다.

천하 디펜스가 국방부와 엄청난 규모의 군 전력 증강 계획에 따른 수주를 하면서 이곳 천하 조선도 천하 디펜스에서 받은 오더 중 일부를 수주하게 되었다.

현재 거제도에 있는 조선소들은 해군에서 주문한 해군의 신형 군함을 건조하기 위해 밤낮을 가리지 않고 작업을 하고 있었다. 천하 조선도 현재 밤낮을 가리지 않고 24시간 철야 작업을 하고 있었다.

그도 그럴 것이 천하 조선에서는 현재 미국에서 들여온 키티호크 급 항공모함을 개조하는 작업을 하고 있었는데,

이것은 모두 천하 컨소시엄에서 보내온 설계도를 기반으로
한 것이었다.

그도 그럴 것이 광개토대왕이란 함선 명을 부여 받은 대
한민국 최초의 항공모함이 될 선박의 개조 작업이 미국과
협상 과정에서 시간을 많이 허비를 하여 해군에 인도될 시
기가 무척이나 빡빡했기 때문이다.

더욱이 현재 동북아시아 삼국의 현재 돌아가는 상황이 무
척이나 긴박하게 돌아가고 있었다.

한국의 군 현대화 계획에 따른 장비 교체를 두고 중국과
일본이 트집을 잡으며 군사력을 증진하고 있었기 때문이다.

사실 중국이나 일본의 입장에서 한국이 장비 교체를 하는
것은 참으로 호재였다.

울고 싶었는데 뺨을 맞은 경우니 얼마나 좋은 핑계거리인
가.

대놓고 국방비를 증액해도 누가 뭐라고 할 수도 없었기
때문이다.

이 때문에 중국은 그동안 세계 최강 미국이나 다른 UN
의 이사국들의 눈치를 보며 자제하던 것을 이번 기회에 증
폭시키는 계기로 삼았다.

더욱이 한국에서 신무기(플라즈마 실드)를 장착한 신형

전차를 개발하고, 또 미국으로부터 대량의 무기를 구매한 것을 꼽으며 그들도 군비 확충에 예산을 기울였다.

이전까지만 해도 한국 정도는 자신들이 보유한 일곱 개의 군구(軍區) 중 한 개만 있어도 충분히 무력화 시킬 수 있다고 호언장담 했던 것이 무색할 정도로 전력 증강을 하고 있었다.

그리고 일본 또한 마찬가지였다.

비록 일본은 한국 육군과 비교가 되지 않지만, 해군과 공군의 전력은 한국의 2배가 넘는 전력이다.

더욱이 장비들도 한국군에 비해 최신형이었는데도 이번 한국군의 장비 교체와 미국으로부터 사들인 장비를 들며 예산을 더욱 늘렸다.

그러하였기에 한국의 국방부에서는 주변국의 이런 전력 증강 현황을 듣고 방위산업체에 기존의 장비 인도시기를 최대한 당겨 줄 것을 요구하였다.

특히나 해군의 경우 내년 하반기 정도에 함선을 인수받아 일 년 동안 시험 가동을 할 계획을 가지고 있었다.

그런데 중국의 경우 기존 7척의 항공모함도 모자라 3척이나 더 건조를 의뢰하였고, 군함도 5천 톤 급과 7천 톤 급의 구축함들을 건조에 들어갔다.

비록 중국의 항공모함이 미국과 같은 대형이 아닌 6만 톤급의 중형 항공모함이다.

더욱이 운용할 수 있는 함재기의 숫자도 30대도 되지 않는 숫자다.

물론 그렇다고 그 숫자가 위협이 되지 않는다는 소리가 아니다.

중국이 일단 미국과 같은 10척의 항공모함을 건조하고, 부족한 전력은 항공모함을 호위하는 항모전단의 전력을 강화한다는 계획이었다.

비록 함재기의 숫자에서 미국의 항모전단보다 약하기는 하지만 대신 항공모함을 호위하는 호위함선의 전력을 미국의 항모전단보다 훨씬 강력한 구축함과 미사일 순양함으로 갖춘다면 충분히 세계 최강 미국의 태평양 함대의 항모전단을 상대할 수 있다는 구상이었다.

확실히 중국 해군의 계획이 그렇다면 충분히 가능할 수도 있다.

중국은 항모전단에서 자국 항공모함을 호위하는 함정들을 건조하기 시작하였는데, 그중 핵심은 세계 최강의 화력을 자랑하는 러시아의 소브르메니 급 구축함을 라이센스 하여 건조하고 있다.

중국이 이렇게 해군 전력을 증강시키며 대양 해군을 키우자, 일본도 이런 중국의 해군력 증강에 우려를 하며 기존 네 개 함대와, 네 개 지방함대를 개편하여 소규모 함대였던 지방함대를 정규함대 규모로 키우는 작업에 들어갔다.

이 때문에 일본은 네 개 함대에만 있던 이지스 함을 새롭게 개편될 함대에도 운영할 수 있게 동시에 여덟 척을 건조하는 강수를 두었다.

기존 지방함대만 해도 사실 한국 해군의 전력과 비슷하거나 약간 못 미치는 정도였다.

그런데 이 지방함대마저 정규함대로 개편이 된다는 소식에 해군은 보다 빠르게 해군 함정을 전력화해야 한다는 생각을 하게 되었다.

2000년 이후 계속되는 일본의 독도에 대한 도발과 동해를 일본해라고 우기는 행위가 날로 빈번해지고 있기 때문에 언젠간 독도를 두고 일본과 교전이 발생할지도 모른다는 생각 때문이다.

그때가 되면 현재 가지고 있는 전력을 가지고는 일본의 해군을 감당할 자신이 없다.

그러니 보다 빠르게 함정들을 교체를 하고 운용 시간을 늘려야 할 필요성이 있었다.

그래서 각 조선소에 최대한 공기를 낮춰 달라고 요구한 것이다.

이에 발맞춰 천하 조선도 작업을 하여 공기를 맞추고 있었다.

오늘은 시끄럽던 독(Dock)은 평소와 다르게 그리 시끄럽지 않았다.

요란한 기계들의 소음이 일던 것과 다르게 사람들의 고함 소리만이 울리고 있었다.

"야! 운전 똑바로 못해?! 그게 얼마짜린데……."

안전모를 쓰고 무전기를 든 검게 그을린 장년의 남자는 무전기에 대고 거친 욕을 하며 소리를 쳤다.

사내가 보고 있는 것은 크레인에 걸린 커다란 둥근 구체의 반짝이는 물체였다.

겉 표면에 기하학적 무늬가 무척이나 햇빛을 받아 반짝이고 있었지만, 그의 눈에는 그런 것이 전혀 눈에 들어오지 않았고, 오늘 무사히 작업이 끝나기를 소망하였다.

지금 크레인으로 들어 올리고 있는 물건이 얼마나 귀중한 것이고, 또 현재 자신들이 작업하고 있는 항공모함의 심장이란 것을 잘 알고 있었기에 만약 작은 실수로 크레인에 매달린 물건이 잘못된다면 그 손해는 이루 말할 수 없었다.

만약 잘못되기라도 한다면 자신이 옷 벗는 것으로 끝나지 않을 것이란 것을 잘 알고 있었다.

"새끼야! 네 마누라 가슴 다루듯 살살, 그래, 살살 다루란 말이야!"

혹시나 LTR이 잘못될 것이 저어 된 그는 조금 과한 농담을 섞어 가며 무전으로 작업을 지시하였다.

그리고 그런 장면은 이곳 독 외부에서만 벌어지는 것이 아니었다.

항공모함의 심장인 LTR이 들어갈 광개토대왕 함 내부에서도 비슷한 일이 벌어지고 있었다.

이미 메인 발전기인 15m LTR이 제자리에 앉아 있었고, 그 둘레에 하얀 가운을 입은 천하 컨소시엄의 연구원들이 그것을 함선 바닥에 고정을 시키며, 일부는 케이블을 연결시키고 있었다.

한편 연구원들이 LTR에 케이블을 연결하는 작업을 지켜보던 수한에게 질문을 하는 사람이 있었다.

"오늘 광개토의 심장이 이식되면 작업이 끝나는 것입니까?"

"아닙니다. LTR만 안착이 된다면 그것을 깨우는 작업까지 하게 될 것입니다."

"아, 그래요? 오늘 발전기를 안착했는데 벌써 발전을 시작한다는 것입니까?"

해군 관계자는 현재 진행되고 있는 작업을 지켜보며 질문을 하다 깜짝 놀랐다.

설마 아직 작업이 모두 완료된 것도 아닌데 벌써 함선에 전력을 가동시킨다는 소리에 놀랐다.

전혀 상식적이지 않는 소리였기 때문이다.

"시간이 없습니다. 중국이나 일본의 움직임이 심상치 않다고 합니다. 최다해 공기를 짧게 하여 해군이 운용 시험을 많이 해야 하지 않겠습니까?"

수한의 말에 해군 관계자는 다시 한 번 눈을 크게 떴다.

말은 하지 않았지만, 그가 이곳 거제도 천하 조선을 찾아오기 전 해군 참모총장으로부터 인도받을 수 있는 시기를 알아 오라는 명령을 들었다.

그런데 말을 하기도 전에 수한이 알아서 공기를 빠르게 당기고 있다고 말을 하자 고개를 끄덕일 수밖에 없었다.

그러면서도 수한이 단순히 방위산업체의 연구원이 아니라 주변 정세도 자신보다 더 잘 알고 있는 사람이란 것을 알게 되자 놀랐다.

'아, 천하 그룹의 정보력이 성삼 그룹에 비견된다고 하던

데…… 그 이상이구나!'

그는 속으로 지금까지 지켜본 수한이나 천하 그룹의 역량이 세간에 알려진 것보다 더 대단하다고 생각하였다.

그러면서도 웅장한 크기의 대한민국 최초의 항공모함이 될 광개토대왕 함을 지켜보며 심장이 두근거리는 것을 느꼈다.

5.
추석 연휴

민족 고유의 명절 추석.

한가위라 그런지 아니면 날로 성장하는 경제 지표 때문에 가장들의 주머니가 보너스로 두둑해서 그런지 모르겠지만, 고향을 찾아 발걸음을 걷는 사람들의 걸음이 가볍고 경쾌하였다.

뿐만 아니라 고향을 찾는 사람들의 손에는 선물보따리가 바리바리 들렸다.

마치 197—80년대 귀경 풍경과 비슷했다.

다만 시대가 시대이니만큼 입고 있는 복장이나 거리에 달리는 자동차 등이 시대가 달라졌음을 알게 하였다.

추석이라 회사도 쉬기에 수한은 할아버지 댁에 방문을 하였다.

초인종을 누르니 큰어머니의 목소리가 들리자 수한은 바로 대답을 하였다.

띵동!

—누구세요?

"수한입니다. 큰어머니."

—어서 와!

틱!

말소리와 함께 문이 열리는 소리가 들렸다.

수한은 말없이 열린 문을 밀고 안으로 들어갔다.

열린 문을 밀고 집 안으로 들어간 수한의 눈에 할아버지 댁 전경이 눈에 들어왔다.

언제나 느끼는 것이지만, 서울 안에 이렇게 넓은 정원을 가지고 있는 집이 몇이나 되겠는가.

더욱이 할아버지의 집에는 정원이 이곳 한곳만 있는 것이 아니라 조금 떨어진 별채 옆에도 넓은 잔디로 덮인 정원이 있었고, 집 뒤편에도 규모는 작지만 넓은 정원이 있었다.

잠시 정원을 돌아보던 수한은 다시 발걸음을 옮겨 집 안으로 들어갔다.

수한이 안으로 들어서자 큰어머니인 장서희가 그를 맞았다.

"수한아 어서 와라!"

"그동안 안녕하셨어요."

수한도 자신을 맞아 주는 큰어머니를 향해 인사를 하였다.

"아니, 그동안 어떻게 한 번도 찾아오지도 않았어!"

장서희는 수한을 맞으며 작은 타박을 하였다.

전에는 그래도 누나인 수정 때문에라도 캄보디아에 있는 어머니 대신이라도 가끔 찾아뵙기는 했다.

그렇지만 올해 들어 맡은 프로젝트 때문에 시간을 내지 못해 따로 찾아뵙지를 못했다.

사실 장서희가 이렇게 수한에게 말을 하는 것은 이미 아들들이 모두 장성해 따로 살아 그런지 뭔가 허전하기 때문이었다.

그러던 차에 잃어버린 조카가 집안에 들어왔으니 얼마나 기쁘지 않겠는가.

비록 20년 만에 처음 본다고 하지만 익숙한 얼굴이 집안으로 들어왔으니 장서희에게 수한은 남이 아니었다.

장서희는 집안에 그동안 아들들만 있고 유일하게 여자인

수정을 멀리 있는 동서를 대신해 친딸처럼 키웠다.

이미 장성한 아들과 조카들만 보다 파릇파릇한 수한을 처음 보았을 때 정말로 거짓말 하지 않고 아들을 하나 더 얻은 것 같은 느낌을 받았다.

분명 생전 처음 본 조카인데 그런 느낌을 받았을 때는 장서희 본인도 참 뜻밖이었다.

그렇지만 마음이 넉넉한 장서희는 조카가 20년 만에 집에 돌아와서 서먹한 것 같자 먼저 나서서 손을 내밀었다.

그런 장서희 때문에 수한도 금방 친척들과 마음을 교류하게 되었다.

수한도 큰어머니인 장서희가 무엇 때문에 자신을 붙들고 이런 말을 하는지 잘 알고 있기에 얼른 잘못을 사과하였다.

"하하, 큰어머니 잘못했어요. 그동안 맡은 프로젝트가 너무도 많아 시간을 낼 수가 없었어요. 이젠 급한 프로젝트는 다 끝났으니 이제는 자주 찾아뵐게요."

수한이 살짝 아양을 떨며 장서희의 팔을 붙들자 장서희도 기분이 좋아진 것인지 웃으며 맞장구를 쳤다.

"그래 급한 일은 다 끝났다고 하니 그럼 자주 얼굴 볼 수 있는 거지?"

"네! 그러지 말고 큰어머니 시간 있으시면 수정이 누나랑 같이 우리 영화나 보러 갈까요?"

수한은 그동안 자신이 무심했다고 생각을 하고 얼른 제안을 하였다.

그런 수한의 제안이 싫지 않았는지 장서희는 고개를 끄덕였다.

"그래 난 시간 되는데, 우리 국민 대스타께서 시간이 되려나?"

장서희는 거실로 들어서며 먼저 도착해 친척들과 이야기를 하고 있던 수정을 보며 말을 하였다.

"응? 무슨 일이에요?"

한참 친척 오빠인 수현과 이야기를 나누고 있던 수정은 큰엄마인 장서희의 말에 고개를 갸웃거리며 물었다.

"응, 다름이 아니라 우리 수한이가 시간이 되면 같이 영화나 보러 가자는데 수정이 너는 시간 되니?"

큰엄마가 자신에게 질문을 하자 수정도 고개를 끄덕이며 대답하였다.

"이번 추석 연휴 기간에 스케줄 없어요. 그래, 수한아 어떤 영화 볼까?"

수정은 수한에게 시선을 두며 물었다.

그러다 뭔가 생각이 났는지 얼른 다시 물었다.

"참! 수한이 너 이번 추석 연휴 기간 동안 데이트는 안 할 거야?"

"데이트? 우리 수한이 누구 만나는 사람이 있는 거야?"

수정과 수한의 이야기를 듣고 있던 장서희는 놀란 눈으로 수한을 쳐다보며 그렇게 물었다.

장서희의 물음에 수한보다 수정이 먼저 대답을 하였다.

"그럼요. 우리 수한이 여자들에게 얼마나 인기가 많은데요."

"그래? 그래, 누구누구가 우리 수한이에게 눈독을 들이고 있는데?"

장서희는 동생의 일에 먼저 열을 올리고 있는 수정의 모습이 귀여운지 웃으며 물었다.

그런 큰엄마의 질문에 수정은 자신이 속한 그룹 멤버들의 이름과 또 다른 누군가의 이름을 언급하였다.

수한은 그런 수정의 이야기를 듣고 있다 쓰게 웃었다.

"제가 속한 그룹에서 예빈이 하고 루나가 있고 또 모델 겸 배우인 수빈이가 있어요. 그리고 회사 내에서도 수한이 인기가 얼마나 많은데요. 참 큰엄마 이건 비밀인데…… 수한이 하고 루나 하고 좀 진지한 것 같아요."

수정은 자신이 알고 있는 수한과 루나의 관계에 대해서

아주 작게 귓속말로 알려 주었다.

그렇지만 이미 초인의 경지에 들어선 지 한참인 수한이라 두 사람이 조심스럽게 귓속말을 하였지만 옆에서 듣는 것처럼 똑똑히 들었다.

'어떻게 알았지? 루나 누나가 이야기를 했나? 비밀로 하자고 하더니…….'

수한은 자신과 루나의 관계를 누나가 알고 있자 그런 생각을 하였다.

하지만 수한은 짐작도 하지 못했을 것이다.

그와 루나의 관계는 파이브돌스 멤버들은 모두 알고 있다는 사실을 말이다.

루나가 아무리 조심을 하려고 해도 자신의 감정을 숨길 줄 모르는 루나였기에 금방 들통이 나고 말았다.

그 때문에 한동안 루나와 예빈의 관계가 무척이나 서먹서먹했기는 하지만 지금은 잘 넘겼다.

물론 수한과 루나가 사귀기로 했다고 해서 예빈과 수빈 자매가 수한을 완전히 포기를 한 것은 아니었다.

사람의 감정이란 것이 한순간에 맺고 끊을 수 있는 것은 아니지 않는가. 그저 자연스럽게 사랑의 상처가 아물기를 바랄 뿐이다.

수한도 예빈과 수빈의 감정을 알고는 있었지만 현대 사회에서 그런 것이 용납이 되는 것은 아니기에 두 사람이 슬기롭게 순간을 극복하기를 바랐다.

사실 수한은 이런 것이 조금은 적응이 되지 않는 부분이기도 했다.

전생에서는 마음이 맞으면 부인을 복수 가질 수 있었다.

그렇지만 환생을 한 지구에서는 특정 종교가 지배하는 지역 말고는 중혼을 허용하지 않았고, 또 한국 또한 이에 속하기에 한 사람만 사랑하기로 하였다.

그런 수한의 마음을 먼저 차지한 것은 예빈이나 수빈보다 조금 더 용감한 루나였다.

만약 두 사람 중 누가 먼저 수한에게 고백을 했다면 어쩌면 루나가 아닌 둘 중 한 사람과 사귀고 있었을지도 몰랐다.

그렇지만 루나가 두 사람보다 먼저 용기를 내 수한에게 자신의 마음을 고백하면서 수한의 마음을 얻었다.

그렇게 바빠 큰어머니를 만날 시간을 못 냈어도 가끔 루나와 데이트는 한 것을 보면 수한도 먼저 용기를 내 고백을 한 루나에게 더 마음이 있던 것이다.

이런 것을 보면 용기를 있는 사람이 미인을 얻는다는 말처럼 용기가 있는 여자가 미남을 얻는 것 같았다.

"여긴 뭐가 이리 즐거운 거야?"

한참 이야기꽃을 피우며 화기애애한 풍경을 연출하고 있던 거실로 수한의 큰아버지인 정명국이 들어오며 물었다.

"큰아버지 지금 퇴근하세요?"

작년부터 할아버지의 집에 들어와 살고 있는 정명국이 퇴근을 하고 들어왔다.

천하그룹 회장인 정대한이 아직 정정하기는 하지만 이제 연세가 80이 넘었다.

겉모습이 정정하다고 언제까지나 안녕하다고 볼 수 없는 나이가 된 것이다.

물론 가전 무술을 어려서부터 수련을 하였기에 보통 사람과는 다르겠지만 그래도 모른다는 생각에 정명국이 아내인 장서희와 의논을 하고 작년부터 이곳으로 들어와 생활을 하고 있었다.

이미 자식들은 장성하여 각자 자신의 길을 가고 있으니 굳이 따로 생활할 이유가 없었다.

"아버님은 같이 퇴근하지 않으셨어요?"

"큰아버지! 추석인데 출근하신 것이에요?"

"아, 출근은 아니고 정부 관계자가 잠시 보자고 해서 만나고 오는 길이다."

아내와 조카가 물어 오자 정명국은 간단하게 대답을 해 주었다.

"아버지께서는 아무래도 대통령과 저녁 만찬을 하고 오실 거야."

"아, 그래요? 그럼 오늘은 누구누구 오는 거예요?"

장서희는 추석이라고 오늘 친척들이 모두 모이는 것으로 알고 차례 준비를 하였는데, 가장 어른인 시아버지께서 늦으신다고 하니 다른 친척들의 스케줄도 물어보게 되었다.

정씨 집안은 차례를 지내는 것이 보통 집안들처럼 명절날 아침 일찍 차례를 지내는 것이 아니라 전날 저녁에 준비를 하여 자정에 차례를 지내는 옛날 방식을 고수하였기에 그리 물어보는 것이다.

"아, 명환이 내외와 조카들은 곧 도착할 거야!"

"네, 알겠어요. 그럼 일단 씻고 오세요."

장서희는 남편의 이야기를 듣고 차례를 지내는 것에는 아무런 지장이 없다는 생각에 말을 하였다.

달그락! 달그락!

천하그룹 회장인 정대한이 빠진 오너 일가가 한자리에 모여 식사를 하고 있었다.

너무도 많은 대식구였지만 천하그룹 회장의 저택의 식당

도 상당히 큰 곳이라 모든 친척들이 한자리에서 저녁을 먹을 수 있었다.

상석은 이 자리에 없는 정대한의 자리이기에 그 자리는 비워져 있고, 그다음 차순으로 천하그룹 사장인 정명국과 천하 디펜스 회장인 정명환이 마주 보며 앉고 그 옆으로 부인과 자식들이 자리하였다.

그리고 가장 말석에 수정과 수한이 앉아 있었다.

"그래, 수한이는 프로젝트가 이제 마무리 되었는데 이젠 무엇을 할 것이냐?"

식사가 마무리 되어 가자 조용히 수저를 내려놓은 정명환이 수한에게 말을 걸었다.

국방부에서 발주한 차기 주력전차 개발을 시작으로 LTR 발전소의 모든 것을 총괄 지휘했으며, 미국과의 협상에서 대한민국이 항공모함을 가지게 되면서 한국의 형편에 맞게 부분 개조를 하는 걸 설계하였다.

뿐만 아니라 그 중간에 장거리 요격 미사일을 개발하기도 하였다.

이 모든 것을 수한이 있었기에 가능했던 것들이지 만약 다른 회사 같았으면 하나의 프로젝트도 엄두를 내지 못했을 것이다.

실제로 차기 주력전차 개발은 천하 그룹이 총력을 기울여 천하 디펜스를 지원했을 뿐 아니라 관련 기업에 협상을 하여 컨소시엄까지 형성하여 했던 프로젝트다.

뭐, 결과적으로 수한이 개발한 플라즈마 실드 발생 장치가 가장 큰 역할을 하였기에 차기 주력전차로 선정이 되었지만 말이다.

그런 중요한 핵심 프로젝트를 진행하면서 그에 버금가는 프로젝트를 함께 하여 성공을 하였다.

정말로 한 사람이 이룩했다고 보기 힘들 정도로 엄청난 위업을 달성한 것이다.

프로젝트 하나의 예산 규모가 1조 원이 넘는 엄청난 프로젝트들이었다.

그리고 프로젝트의 성공으로 엄청난 부를 축적한 것뿐 아니라 오랜 앙숙이었던 일신그룹도 처리하였다.

참으로 욕심 많은 일신그룹이었지만 대한민국 재계순위 5위권의 대그룹을 무너뜨린다는 것은 사실 쉬운 일이 아니다.

만약 그들이 욕심만 부리지 않았다면 아무리 천하그룹이 여러 프로젝트를 성공적으로 완성을 했다고 해도 무너지지 않았을 것이다.

하지만 일신그룹의 오너 일가는 과욕을 부리고, 부도덕했을 뿐만 아니라 매국 행위까지 하면서 사실상 자멸을 하였다.

정말이지 단 몇 년 사이 천하그룹이나 수한뿐 아니라 대한민국도 엄청난 격변을 겪었다.

재계서열 5위인 일신그룹이 그렇게 공중분해 되면서 대한민국 재계도 엄청난 변화가 있었다.

20위권 중반에 있던 천하그룹은 무너지는 일신그룹의 계열사 중 관련 기업들을 헐값에 사들였는데, 그 전반에는 일신그룹의 차남인 신영민의 욕심 때문에 헐값이 된 기업들이 상당수 있었기 때문이다.

물론 그 과정에서 수한도 많은 이득을 보았다.

개인적으로 운영하던 라이프 메디텍의 자금을 운용해 일신제약과 일신그룹이 운영하던 병원도 인수를 하게 되었다.

아무튼 재계 20위권이던 천하그룹은 제계서열 5위의 일신그룹을 잡아먹으면서 재계 서열 5위권 안으로 들어섰다.

그리고 앞으로도 대한민국의 서열은 치고 올라가 부동의 1위를 하고 있는 성삼 그룹과 나란히 설 것이 분명하였다.

아무튼 그동안 바쁘게 움직였던 수한이기에 둘째 큰아버지의 질문에 잠시 고민을 하였다.

그러다 아직 자신이 쉴 때가 아니란 생각이 들었다.

대한민국은 아직도 주변 국가들의 위협에서 홀로 지켜 낼 힘이 없었다.

세계 10위권이라는 군사력을 가지고 있지만, 주변을 둘러싸고 있는 국가들의 면면이 혼자 감당할 수 있는 나라가 없었다.

대한민국 국방백서에 나와 있는 국군의 주적(主敵)은 북한이다.

그렇지만 북한은 1990년대를 지나면서 대한민국의 국군을 감당할 수 있는 군사력을 가지고 있지 못하다.

북한 정권은 그 때문에 위기의식을 가지게 되었으며, 남북의 군사력의 갭을 다시 뒤집기 위해 무리하게 핵무기를 개발하였다.

북한은 핵무기를 개발하고 연일 미사일 발사 시험을 하면서 벼랑 끝 외교를 벌이고 있었다.

그렇지만 수한이 판단하기에 그것은 북한이 자신들의 군사력을 과시한다기보다 말 그대로 더 이상 갈 곳이 없기에 배수의 진을 치고 마지막 발악을 하고 있는 것이란 판단이다.

막말로 자신들의 말을 들어 주지 않으면 마지막 수단인 핵무기를 터뜨리겠다는 위협인 것이다.

수한은 이를 대비하기 위해 이미 작업에 들어갔고, 그것도 곧 완성이 될 것이기에 북한은 더 이상 대한민국을 위협할 수 있는 수단이 사라진다.

그렇지만 대한민국을 둘러싼 위협적인 나라는 북한만이 아니다.

사실상 대한민국을 위협하는 나라는 대국 중국과 동맹이기는 하지만 믿을 수 없는 이웃인 일본이다.

미국은 자신들의 이익을 위해서라면 어느 편도 들어 주지 않고 실리만 챙길 것이 분명했다.

그리고 그런 미국이기에 경제 규모가 상대적으로 거대한 일본의 편을 들어 줄 공산이 컸기에 대한민국이 안전하기 위해선 홀로 지켜 낼 힘을 가져야 했다.

그러기 위해선 지금보다 더 강력한 무력을 가져야 했다. 그러기 위해선 자신이 아직 손을 놓아선 안 되는 시기라 판단을 하였다.

'그래, 아직 내가 쉴 수 있는 시기가 아니야!'

수한은 아직 자신이 쉴 시간이 아니라 판단하고 대답을 하였다.

"뭐, 바쁜 시기는 지났지만 아직 부족하지 않아요? 이번에 들어오는 슈퍼호넷을 업그레이드 하는 것을 연구해 봐야 하지 않겠습니까?"

수한은 자신의 생각을 정리하고 앞으로 자신이 해야 할 일에 대하여 먼저 언급하였는데, 그것은 바로 이번에 미국으로부터 들여올 F/A—18E/F 슈퍼호넷이었다.

육군의 주력 무기인 신형 전차를 개발하였고, 해군은 항공모함과 신형전함과 함선 방어용으로 개발된 플라즈마 실드 발생 장치를 만들었다.

대한민국 국군에 전력을 업그레이드 할 군은 이제 공군이 남아 있었다.

물론 슈퍼호넷이 미 해군을 위해 개발된 전투기라고 하지만 현재 대한민국에는 해군 항공대가 있는 것이 아니기에 들여오는 슈퍼호넷은 공군이 먼저 운용을 할 것이다.

그리고 그중 일부 조종사들이 항공모함에 취역하게 되면 소속을 해군 항공대로 자리를 옮길 계획이다.

그러니 수한은 미국에서 들여오는 전투기의 업그레이드를 생각하였다.

슈퍼호넷이 좋은 전투기라는 것은 주지의 사실.

그렇지만 이미 개발된 지 30년이 넘은 전투기였기에 중국이나 일본이 운영하고 있는 전투기들에 비해 조금은 약세일 수밖에 없다.

중국은 이미 스텔스 전투기를 개발해 실전 배치하고 있으며, 일본도 마찬가지로 스텔스 전투기를 개발하여 양산을 하기 위해 노력을 하고 있었다.

자국의 스텔스 전투기가 개발 완료되기 전까지 미국산 스텔스 전투기를 다량 구매해 보유하고 있다.

이미 많은 숫자의 F—35 라이트닝 2 스텔스 전투기를 60대를 운영 중이며 새롭게 항공모함을 건조하면서 미국에 60대를 더 구매 계약하였다.

그러니 수한은 대한민국 공군이 가지게 되는 슈퍼호넷을 빠르게 업그레이드 하여 이 두 나라를 견제해야 할 필요성을 느꼈다.

이미 슈퍼호넷을 들여오는 계획을 세우면서 업그레이드에 대한 계획도 수립되어 있었다.

스텔스 전투기가 레이더에 잘 잡히지 않는 장점이 있는 반면 무장의 빈약함을 가지고 있는 약점을 잘 알고 있는 수한이다.

대한민국은 자원이나 예산이 많지 않은 나라다.

새롭게 스텔스 전투기를 개발할 예산을 만드는 것이나 비싼 스텔스 전투기를 구매할 여력이 없다.

그렇기에 현재 가지고 있는 것을 적극 활용해야만 한다.

그래서 수한은 슈퍼호넷의 무장 능력은 그대로 가지고 있으면서도 스텔스 성능을 뛰도록 업그레이드 할 생각이다.

슈퍼호넷이 스텔스 성능을 가지는 것은 역시나 마법을 활용할 것이다. 벌써 스텔스 성능에 대한 마법은 구상해 놓았다.

미국의 스텔스 폭격기 B—2에서 힌트를 얻은 수한은 거대한 군함에도 스텔스 성능을 가지게 될 것이라 생각했다.

수한의 말에 정명환의 눈빛이 반짝였다.

이미 자신의 조카인 수한의 능력을 잘 알고 있었기에 이번에도 성공을 할 것이라 예상하였다.

'수한이가 그것의 업그레이드를 할 것이라 말을 했다면 그렇게 되겠지. 어떤 작품이 될 것일까?'

정명환은 수한의 말에 머릿속이 복잡하게 돌아가기 시작하였다.

수한이 어떤 식으로 슈퍼호넷을 업그레이드 할 것인지 아직은 알 수가 없기에 일단 무조건 성공을 한다고 가정하고 몇 가지를 생각해 보았다.

정명환이 생각하기에 일단 레이더의 성능이 있고, 또 엔진을 손봐 속도를 높이는 방법도 있으며, 전투기의 운용 시스템 업그레이드를 할 수도 있었다.

그렇지만 정명환도 지금 수한이 슈퍼호넷에 스텔스 성능을 집어넣을 것이라고는 예상하지 못하고 있었다.

웅성! 웅성!

추석 연휴 극장가는 무척이나 복잡했다.

가족 단위로 영화를 보기 위해 놀러 나온 사람들도 있고 또 연휴를 맞아 연인들이 함께 시간을 보내기 위해 나온 사람도 있었다.

무엇보다 추석 연휴 기간을 맞아 극장가에 걸린 영화들도 대작들이 많았기에 더욱 사람들을 극장으로 모이게 만들었다.

그런데 지금은 그런 이유 말고도 또 다른 이유가 있었다.

그것은 바로 대한민국 최고 인기 그룹인 파이브돌스의 멤버 둘이 이곳을 찾았기 때문이다.

물론 단둘이 영화를 보러 온 것은 아니었다.

가족과 함께 영화를 보러 나온 수정이 먼저 극장에 도착을 하였고 나중에 막내인 루나가 이들 일행에 합류를 한 것이다.

"안녕하세요."

루나는 수정이 있는 곳으로 다가와 인사를 하였다.

루나가 인사를 한 사람은 일행 중 가장 어른인 장서희에게 인사를 한 것이다.

어제저녁 영화를 보기로 했기에 정씨 집안의 풍속으로 인해 저녁때 차례를 지내고는 아침에는 간단하게 식사를 하고 이렇게 극장에 왔다.

"루나 양 오랜만이에요."

자신에게 인사를 하는 루나를 보며 장서희도 인사를 하였다.

"네, 원장님! 그동안 찾아뵙지 못해 죄송해요."

바쁜 그룹 활동 때문에 루나는 미안한 마음을 가지고 죄송하다는 말을 하였다.

그도 그럴 것이 처음 루나가 파이브돌스라는 아이돌 그룹에 합류했을 때는 리더인 수정을 따라서 자주 장서희를 만났다.

그런 루나를 장서희는 자신의 친딸처럼 대해 주며 그룹 활동으로 힘들어 할 때면 상담사 역할도 맡아 옆에서 조언을 해 주기도 하였다.

그러하였기에 파이브돌스 다른 멤버들보다 장서희와 가깝

다고 할 수 있었는데, 그룹 활동이 해외까지 영역이 넓어지면서 그동안 잘 찾지 못했다.

그런데 추석 연휴를 맞아 회사에서 파이브돌스에게 휴가가 주어졌다.

사실 이제 막 데뷔한 아이돌이라면 추석에 이런 꿀 같은 휴가가 주어지지 않았을 것이다.

하지만 파이브돌스는 이제 대한민국을 대표하는 그룹으로 정평이 나 있기에 굳이 추석 연휴에 무리해 스케줄을 할 필요가 없어 휴가가 주어진 것이다.

그리고 사실 방송국도 아무리 시청률을 위해서라지만 추석 연휴에 파이브돌스 같은 톱 그룹을 섭외하기에는 예산이 빠듯했다.

물론 섭외를 못할 것도 없다.

하지만 굳이 쉽게 섭외할 수 있는 연예인을 놔두고 굳이 무리를 할 필요는 없었기에 섭외를 하지 않은 것뿐이다.

만약 경쟁 방송사보다 추석 특집의 구성이 빈약하다 한다면 모를까, 무리해 파이브돌스처럼 톱스타를 섭외하는 것은 잘못해 경쟁사를 과도하게 자극할 수도 있는 일이기에 자제를 한 것이다.

아무튼 뜻하지 않게 휴가를 받게 된 파이브돌스는 휴가를 잘 보내고 있었다.

그런데 루나는 극장에 도착하자마자 주변을 두리번거리며 무언가를 찾기 시작하였다.

그런 루나의 모습에 장서희는 고개를 갸웃거리며 물었다.

"뭐 찾는 것이라도 있니?"

장서희의 물음에 루나는 대답을 하지 못하고 머뭇거렸다.

그런 루나의 모습에 수정이 작게 웃으며 대답을 하였다.

"수한이는 좀 있어야 올 거야."

수정의 말에 장서희는 그게 무슨 소리냐는 듯 수정의 얼굴을 쳐다보았고, 루나는 수정의 말에 얼굴만 붉게 달아올라 어찌할 줄을 몰라 발만 동동 굴렀다.

루나의 그런 행동에 장서희도 그제야 지금 어떤 상황인지 눈치를 챘다.

"설마 루나랑 수한이가 사귀고 있는 거니?"

장서희의 확인사살에 결국 루나는 고개를 숙이며 자폭을 하였다.

"네……."

"어머! 두 사람이 그렇게 된 게 언제부터야?!"

"얼마 되지 않았어요."

장서희의 질문에 루나가 얼마 전부터 수한과 사귀게 되었음을 알렸다.

그런 루나의 말에 장서희는 뭐가 그리 즐거운지 입가에 미소를 지으며 말을 하였다.

"그런데 누가 먼저 사귀자고 한 거야? 수한이가 먼저 한 거야? 아니면……."

부끄러워하는 루나의 모습에 왠지 장난이 치고 싶어진 장서희는 놀리듯 그렇게 물어보았고, 아직 장서희의 의도를 깨닫지 못한 루나가 더욱 부끄러워하며 대답을 하였다.

"제가, 제가 먼저 사귀자고 고백했어요."

너무도 작은 목소리였지만 장서희나 수정의 귀에 루나의 말이 똑똑히 들렸다.

"어머!"

"뭐라고?"

두 사람이 너무 놀라 자신도 모르게 큰소리를 지르고 말았다.

그런 소란에 주변에 있던 사람들의 시선은 모두 이들에게 쏠리고 말았다.

주변의 시선이 집중이 되자 수정은 안 되겠다 느끼고 얼른 일행을 데리고 인근 카페로 들어갔다.

수한과 루나가 서로 사귀고 있다는 이야기를 듣게 된 장서희는 무척이나 집요하게 두 사람의 관계에 대하여 질문을 하였다.

그럴 때마다 루나는 얼굴이 빨갛게 상기되어 제대로 대답을 하지 못하고 얼버무렸다.

루나의 그런 모습이 장서희는 무척이나 귀엽게 느껴져 자꾸만 놀리고 싶어졌다.

"큰어머니, 누나, 제가 좀 늦었죠?"

한참 루나를 놀리는 재미에 빠져 있던 장서희의 귀에 수한의 목소리가 들려왔다.

"어서 오너라!"

"어서 와!"

루나를 가운데 두고 한참 놀리고 있던 장서희와 수정이 카페에 도착한 수한을 보며 그를 맞았다.

그런데 수한의 뒤에 일행이 있음을 확인한 수정이 먼저 자리에서 일어나 인사를 하였다.

"새엄마!"

수정은 자리에서 일어나 수한의 옆에 함께 온 여인을 새엄마라 부르며 얼른 그녀에게 다가가 안겼는데, 그렇다고 그녀의 아버지가 새장가를 간 것은 아니고, 여인의 정체가 바로 수한의 의붓어머니인 최성희였던 것이다.

수한은 어제 자정에 차례를 지냈으면서도 사실 최성희와 집에서 차례를 지내기로 했기 때문에 집에 들려 추석 차례를 한 번 더 지내고 함께 나온 것이다.

원래 최성희는 가족들끼리 즐거운 시간을 보내라고 사양을 했지만 혼자 집에 있을 최성희를 위해 수한이 억지로 데려왔다.

물론 수정은 최성희를 진즉 만나 서로 왕래를 하고 있었기에 친딸처럼 지내고 있었다.

자신이 사랑하는 동생을 친아들처럼 아기 때부터 돌봐 준 최성희였고, 또 수한이 친엄마처럼 따르기에 수정도 함께 동화된 것이다.

더욱이 친엄마인 조미영이 멀리 떨어져 있기에 모정이 고프기도 했기 때문이기도 했다.

큰어머니인 장서희가 아무리 잘해 준다 해도 부족한 것은 사실이었다.

피도 섞이지 않은 남이라지만 친동생이 정말로 의지하는 사람이었기에 인정을 하고 또 만나면 만날수록 수한뿐 아니라 자신을 자식처럼 여기는 최성희에게 모정을 느꼈다.

그렇기에 수정도 최성희를 친엄마처럼 따르고 있었고 시간이 날 때면 자주 얼굴을 비추기도 했다.

"어머! 누구시니? 설마……."

장서희는 수정이 최성희를 보고 '새엄마!'라 부르며 안기는 모습에 깜짝 놀랐다.

설마 막내 서방님이 자신 모르게 새장가를 갔나 생각을 해 봤지만 그건 아니란 생각에 놀라며 최성희의 정체를 물었다.

그런 장서희의 질문에 수한이 미소를 지으며 대답을 하였다.

"큰어머니, 제가 전에 말씀드렸던 지금까지 키워 주신 어머니세요."

수한이 최성희를 소개해 주자 장서희는 자리에서 일어나 최성희를 반갑게 맞아 주었다.

"어머, 그러니? 처음 뵙겠습니다. 여기 수정이 하고 수한이 첫째 큰엄마 장서희라고 해요."

장서희가 자신을 소개하자 최성희도 얼른 고개를 숙이며 자신을 소개하였다.

"이야기 많이 들었습니다. 최성희라고 합니다."

최성희는 자신을 반갑게 맞아 주는 장서희의 모습에 자세를 바르게 하고 자신을 소개하였다.

사실 두 사람은 서로 얼굴을 보지는 않았지만 이야기를

통해 서로에 대하여 잘 알고 있었다.

장서희는 시아버지인 정대한과 가끔 수정이 들려주는 최성희의 이야기를 들었기에 전혀 낯설지가 않았다.

그리고 최성희 또한 수한을 통해 정씨 집안에 대한 이야기를 들었다.

그중 자신과 수정을 친딸, 친아들처럼 살갑게 대해 주는 큰어머니에 대한 이야기를 자주 하였기에 최성희 또한 장서희가 낯설지가 않았다.

"엄마, 여기 이 아가씨는 저하고 같은 그룹에 속한 루나라고, 수한이 하고 얼마 전부터 정식으로 사귀기로 한 아가씨예요."

수정은 최성희를 자리로 안내를 하며 그때까지 엉거주춤하고 있는 루나를 보며 그녀를 소개하였다.

"어머! 수한이 하고 사귀는 아가씨라고? 반가워요."

최성희는 수정의 소개에 루나를 보며 인사를 하였다.

그런 최성희의 인사에 루나는 조금 전보다 더 당황하였다.

수한과 사귀면서 수한의 가족관계에 대하여 알고는 있었다.

그런데 설마 이 자리에 의붓어머니인 최성희가 나올 줄은 상상도 하지 못하고 있었기에 최성희의 인사에 당황했다.

이미 수한에게서 사귀고 있다는 이야기를 들었기에 최성희는 루나의 옆자리에 앉아 루나의 손을 잡으며 미소를 지었다.

그런 최성희의 뜻밖의 행동에 루나는 처음에는 당황했지만 금방 최성희의 손을 통해 전해지는 온기에 절로 안정이 되었다.

"어머, 벌써 며느리 챙기는 거야?"

장서희는 그런 루나의 모습을 보며 다시금 놀리고픈 마음이 생겼는지 루나와 최성희를 향해 말을 하였다.

"수한이 통해 많이 이야기를 들어서 그런지 낯설지가 않아요."

최성희가 그렇게 먼저 장서희의 말을 받으며 미소를 지었다.

참으로 포근하고 마음을 편하게 해 주는 어머니의 미소라 느껴지는 그런 미소였다.

"뭐 드실래요?"

이때 수한이 끼어들며 물었다.

카페에 들어와 이야기만 하고 있었으니 눈치가 보인 것이다.

그런 수한의 말에 수정이 대답을 하였다.

"큰엄마는 카페모카 좋아하시니 카페모카로 하고, 우리 엄마는 뭘 좋아하시더라……."

수정이 이야기를 하다 말고 최성희를 보며 얼버무렸다.

말로는 엄마! 엄마! 하면서 그녀의 취향을 아직 모르고 있었다고 생각을 하자 미안해진 때문이다.

그런 수정의 모습에 수한이 대답을 하였다.

"어머니도 카페모카 좋아하셔!"

"그래, 그럼 나도 카페모카니 그럼 카페모카 세 잔, 루나는?".

수정은 얼른 수한의 말을 받아 루나를 돌아보았다.

그러자 루나도 얼른 대답을 하였다.

"언니, 저도 카페모카요."

"누나는 카라멜 마끼아또 좋아하잖아?"

루나가 자신도 카페모카를 마시겠다고 하자 수한은 다시 물었다.

그런 수한의 말에 루나는 자신도 모르게 얼굴이 붉어졌다.

"어휴, 저 둔팅이……."

"그러게 말이다."

"어휴 저렇게 눈치가 없어서."

수정이 먼저 수한의 말에 답답하다는 듯 한마디 하였고 뒤이어 장서희와 최성희가 말을 이었다.

하지만 수한은 아직까지 자신이 무엇을 잘못했는지 알지 못해 고개를 갸웃거렸다.

그런 수한의 모습을 본 여자들은 그 모습이 너무도 웃겨 한바탕 웃음을 흘렸다.

"호호호호."

"호호호."

"하하하하."

아직 영화가 시작되기까지는 시간이 남았기에 카페에서 시간을 보내며 즐거운 시간을 보냈다.

그리고 처음 자리에 나왔을 때는 당황하던 루나였지만, 어느 정도 이야기를 하며 마음이 안정이 되자 특유의 친화력을 발휘하며 분위기를 선도하였다.

'조용한 수한이에게는 저렇게 활달한 아가씨가 제격이지.'

최성희는 이야기를 하는 동안 수한과 사귄다는 루나의 면면을 살폈다.

그러면서 조용한 수한에게 루나처럼 활달하고 또 분위기

를 잘 맞추는 아가씨가 제격이라 생각을 하였다.

이런 최성희의 생각도 모르고 수한과 루나는 계속해서 이야기를 하며 분위기를 북돋았다.

◆　　　◆　　　◆

대한민국이 추석 연휴를 즐겁게 보내고 있을 때 쉬지 못하고 바쁘게 움직이는 곳이 있었다.

그곳은 바로 대한민국 국군이었다.

국군은 예년과 다르게 초긴장 상태를 유지하고 있었는데, 그 이유는 바로 추석을 앞두고 북한에서 실시한 전군 동원령 때문이었다.

대한민국 국군이 전군 선진화를 모토로 군사 장비를 최신형으로 교체를 하자 이에 위기감을 느낀 북한 군부에서는 연일 미사일 발사와 서해에 위치한 해안포 사격 훈련을 실시하였다.

북한이 이렇게 미사일과 포사격을 하는 데에는 자신들이 이렇게 위협을 하면 남한정부가 국군의 방위력 증진을 위한 장비 교체를 포기할 것이라 생각했기 때문이다.

그리고 이런 생각은 그동안 잘 통하는 방법이었기에 이번에도 통할 것이라 생각하고 실시했던 것이다.

그렇지만 현 대한민국 정부는 이전 정부들과 달랐다.

이미 북한은 자신들의 위협이 되지 않는다 판단과 함께 이제는 보다 더 큰 주변을 경계할 때라 생각하였다. 그렇기 때문에 절대로 군 현대화 작업을 늦출 이유가 없었다.

아니, 주변국의 급속한 팽창을 방어하기 위해서라도 보다 더 빠르게 현대화를 이룩해야만 하는 상황이었다.

그러니 당연 북한의 의도는 먹히지 않았다.

그러자 북한의 군부는 긴장을 하였다.

전혀 생각지 않은 남한 정부의 반응에 당황한 북한은 그렇다고 이게 아니라고 해서 꼬리를 내릴 수도 없었다.

이미 기호지세(騎虎之勢). 호랑이 등에 올라탄 형국이었다.

선군 정치로 북한의 경제가 붕괴된 지는 오래전이다.

그동안 이런저런 외교력으로 외국원조와 남한에서 보내주는 구호품으로 연명을 해 왔다.

그런데 그동안 말을 잘 듣던 한국 정부가 예상과 다르게 자신들이 위협을 해도 그리고 이산가족 상봉을 들고 나와도 전혀 반응을 보이지 않으니 이제 어쩔 수 없었다.

배수의 진을 치는 심정으로 휴전선 인근의 부대들을 동원해 휴전선 가까이 전진 배치를 하였다.

자신들의 말을 듣지 않으면 그대로 밀고 내려가겠다는 모습을 취한 것이다.

그런 북한군의 동향을 포착한 국군은 전군에 데프콘이 발령되었다.

데프콘이란 군사 용어로 방어 준비 태세로 총 5단계로 구분을 하는데, 대한민국은 휴전 상태의 국가이기에 평상시에도 데프콘 5가 발령이 된 상태다.

그런데 이번 북한군의 동향이 심상치 않기에 이례적으로 데프콘3이 발령되었다.

데프콘 3는 중대하고 불리한 영향을 초래할 수 있는 긴장 상태가 전개되거나 군사 개입의 가능성이 있을 때 발령이 된다.

이번 북한군의 동향은 데프콘 2단계 상황에 맞는다. 적이 공격을 위한 준비 태세가 되었거나 강화되었을 때, 즉, 데프콘 3단계보다 더 긴장이 고조된 상태이기에 원래라면 데프콘 3이 아니라 데프콘 2가 발령되어야 맞는 상황이다.

그렇지만 그동안 북한이 했던 행동들을 보면 이렇게 긴장 상태를 유도하나 흐지부지 된 사례가 있었기에 군참모 회의에서는 벌써부터 최고조 상태인 데프콘 2를 발령하긴 이르다 판단했다.

약한 단계지만 언제라도 상향 조정할 수 있게 긴장을 늦추지 않고 북한군의 동향을 예의주시하고 있다.

그렇다 보니 즐거워야 할 추석 연휴에 군은 반대로 초긴장 상태를 유지하고 있었다.

6.
중국의 음모

올해도 풍년이 들고 또 경제도 활황이라 대한민국 국민들은 그 어느 때보다 풍요로운 한가위를 보내고 있었다.

그렇지만 때 아닌 북한의 군사 행동 때문에 즐거워야 할 추선 연휴에 대한민국 국민들은 뜻하지 않은 불안에 떨어야 했다.

연일 계속되는 북한의 미사일 발사 시험에도 북한이 자주 그런 장면을 연출했기에 올해도 그런가 보다 하고 생각하였다.

그런데 전방에 있는 북한군 사단들이 대거 남쪽 철책이 있는 방면으로 전진 배치되었다는 소식에 긴장을 하기 시작하였다.

물론 뉴스에서는 국군의 비상경계 근무를 하고 있으니 안심하라고 하지만, 전례 없던 행동을 하는 북한군의 행동에 대한민국 국민들은 안심이 되지 않았다.

물론 TV에서는 이런 국민들을 진정시키기 위해 국군의 방위 태세나 현 국군이 보유한 장비들을 설명을 하며 북한의 이번 도발도 예년처럼 용두사미 격으로 흐지부지되고 식량과 비료를 어느 정도 원조를 해 주면 그칠 것이라 설명을 하였다.

그렇지만 군 내부에서는 뉴스와 다르게 심각하게 이번 북한군의 움직임을 예의주시하고 있었다.

그리고 청와대도 이번 북한군의 동향에 대하여 정보를 수집하는 한편 국가안전보장회의(NSC)를 소집하였다.

NSC는 대통령 직속 자문 기관으로 대통령을 의장으로 국무총리와 국가정보원장, 통일부, 외교통상부, 국방부장관 그리고 대통령 비서실장, 국가안보보좌관 이렇게 8인으로 구성이 되어 있었는데, 대통령은 이번 회의에는 대통령 직속 특수부대인 SA부대장도 포함을 시켰다.

이는 이번 NSC가 평상시와 같은 회의가 아니라 준 전시 상황이기 때문이었다.

그렇기 때문에 군과 관련된 사항에 대한 정확한 회의를 하기 위해서라도 국방부 장관 외에 또 다른 군 전문가가 필요했다.

물론 여기서 군 전문가란 그저 군사 이론만 있는 전문가가 아닌 군사작전에 특화된 실무자를 말했다.

그런데 여기서 일반 작전장교나 그런 사람은 NSC의 격이 맞지 않았기에 대통령 직속 특수부대인 SA부대를 이번 기회에 알리며 회의에 참석을 시킨 것이다.

이 때문에 한참 라이프 메디텍의 보안대원들과 합동 훈련을 하고 있던 정수용 중령은 급하게 청와대로 불려 왔다.

청와대 대통령 집무실.

현재 대통령 집무실은 북한군의 이상 동향 때문에 긴급 국가안전부장회의(NSC)가 열리고 있었다.

똑! 똑!

덜컹!

노크 소리가 들리고 가볍게 집무실 문이 열리며 누군가 안으로 들어와 비서실장의 귀에 귓속말을 하고 밖으로 나갔다.

잠시 소강상태이기는 했지만 노크 소리에 회의를 방해를 받자 다른 위원들의 표정이 좋지 못했다.

"무슨 일입니까?"

다른 안전보장회의 위원들의 표정이 좋지 못하자 윤재인 대통령이 나서서 비서실장에게 물었다.

그런 대통령의 질문에 비서실장이 얼른 대답을 하였다.

"SA부대장이 도착했다고 합니다."

비서실장의 대답에 윤재인 대통령은 얼른 자리에서 일어났다.

"그래요. 어서 들어오라고 하세요."

"예."

대통령의 지시에 비서실장은 얼른 자리에서 일어나 밖으로 나가 SA부대장인 정수용을 데려왔다.

한편 처음 들어 보는 부대명 때문인지 국방부 장관이나 국정원장을 제외한 국무총리, 통일부 장관, 외교통상부 장관 국가안전 보좌관이 고개를 갸웃거렸다.

자신들이 들어 보지 못한 명칭 때문인지 의문을 표하며 비서실장이 데려오는 정수용을 주시하던 사람들은 NSC에 참석하는 새로운 얼굴의 존재가 너무도 젊은 것에 깜짝 놀랐다.

GREAT
그레이트 코리아
KOREA

사실 NSC에 참석하고 있는 사람 중 가장 젊은 사람이 50대 중반인 56살인데 지금 들어온 사람은 많이 쳐 줘 봐야 30대 중반 정도밖에 되지 않아 보이는 군인이었다.

다만 군복을 입었는데 계급장을 달고 있지 않는 모습에 그가 특수부대의 장이라 짐작할 뿐이다.

"부르셨습니까?"

정수용은 NSC가 벌어지고 있는 대통령 집무실에 들어오자 대통령에게 경례를 하며 대답을 하였다.

"훈련 중일 텐데 불러서 정말로 미안하군."

"아닙니다."

윤재인 대통령은 자신을 향해 경례를 하는 정수용을 보며 마주 인사를 받고 그렇게 대답을 하였다.

SA부대는 자신의 명령으로 라이프 메디텍의 보안대와 함께 합동 훈련을 하고 있었다.

그동안 SA부대는 처음 여섯 명에서 스물네 명으로 늘어났다.

원래라면 이렇게까지 인원이 늘어날 수 없었는데, 그것은 SA부대원을 뽑는 기준이 무척이나 높았기 때문이다.

하지만 라이프 메디텍 보안대와 훈련을 하기 위해선 기존의 SA부대원들도 따라가기 힘들었다.

그 때문에 수한은 SA부대원들이 라이프 메디텍 보안대의 훈련을 따라가기 위해서는 기본 스펙을 높여야 할 필요성을 느끼고 처방을 해 주었다.

그 처방이란 다름이 아니라 활력 포션이었다.

보안대를 처음 꾸릴 때 그들의 체력이 정상이지 못한 것을 보완하기 위해 수한은 그들에게 활력 포션을 먹였다.

그리고 꾸준히 훈련과 포션을 이용해 지금의 능력을 갖췄는데, SA부대원들도 기본 체력이 현재 라이프 메디텍 보안대의 수준을 맞추기 위해 활력 포션을 지급한 것이다.

어차피 대통령과 SA부대를 라이프 메디텍 보안대 수준으로 끌어 올려 주는 것과 장비들을 공급하겠다 약속을 하여 지급을 한 것이다.

이때 정수용은 라이프 메디텍 보안대의 기본 능력이 라이프 메디텍에서 개발한 특수 약물에 의한 것이란 것을 뒤늦게 알게 되자 자신의 할아버지인 정대한에게 부탁을 하였다.

이 약물만 있다면 아깝게 SA부대 선발에서 탈락한 이들을 뽑아 양성할 수 있기 때문이었다.

다만 여기서 정수용이 알지 못했던 것은 라이프 메디텍이 천하 그룹 회장인 자신의 할아버지의 영향력이 전혀 없는 수한의 개인 기업이란 것이었다.

나중에 그런 사실을 알고 정수용은 깜짝 놀라기도 했지만 어찌 되었든 정수용의 요구는 받아들여졌다.

다만 차출하는 인원들 중 국가관이 투철하지 않고 애매모호한 사람이나 그릇된 종교관을 가진 사람, 그리고 마지막으로 인격적으로 부족한 사람은 이 선발에서 탈락이 되었다.

이는 전적으로 수한의 요구였는데, 듣기에도 타당했기에 정수용과, 대통령 역시 이런 수한의 요구를 받아들였다.

아무리 대통령이고 정부라 해도 그들은 부탁을 하는 을의 입장이었고 들어주고 말고는 전적으로 수한이었기에 요구하는 것은 당연히 받아들여졌다.

더욱이 그런 수한의 요구가 국가에 전혀 해가 되는 일이 아니기에 윤재인 대통령도 추가로 비용이 들어갈 문제지만 흔쾌히 정수용의 요청을 승인하였다.

아무튼 여섯 명뿐이던 SA부대는 스물네 명으로 4배나 커졌다.

그 때문에 SA부대는 처음 라이프 메디텍 보안대와 합동 훈련을 기획한 6개월 보다 더 긴 1년의 훈련 기간을 두고 훈련에 들어갔다.

그런데 중간에 부대장인 정수용이 북한군의 이상 동향 때문에 열린 NSC에 소환이 된 것이다.

"각하! 누굽니까? 소개 좀 해 주시지요."

국무총리인 고준이 윤재인 대통령을 보며 질문을 하였다.

그런 국무총리의 말에 윤재인 대통령도 아직 정수용의 정체를 알지 못하는 다른 NSC위원들을 위해 정수용에 대하여 소개를 하였다.

"이런 내가 정신이 없어서⋯⋯."

대통령은 잠시 뜸을 들이다 정수용에 대하여 설명을 하였다.

"여긴 정수용 중령으로 대통령 직속 특무부대인 스페셜 에이스(Special Ace)의 부대장을 맞고 있습니다. 정수용 중령은⋯⋯."

정수용에 대하여 설명이 계속될수록 그 말을 듣고 있던 NSC위원들의 눈이 점점 커졌다.

비록 계급은 중령이지만 그가 한 부대의 장이 될 수 있는 능력을 가졌다는 모두 인정할 수밖에 없었다.

육군사관학교를 수석으로 입학하고 또 수석으로 졸업을 하였다.

그리고 각종 병과 평가에서 최고의 점수를 받은 것은 물론이고, 특전사 장교로 임관해 각종 작전에 투입되어 훌륭

한 전과를 만들어 냈으며, 그가 속한 팀은 특전사 중에서도 단연 작전 성공률이 높은 팀으로 이름을 알렸다.

그 때문에 어린 나이에 무공 훈장을 받았을 뿐 아니라 해외파병에서도 동맹군이 어려움에 처한 것을 구출하여 동맹군 지휘관의 표창까지 받았다.

이렇듯 각종 분야에서 특출한 성적이 되었기에 대통령 직속 특무부대를 구상할 때 부대장으로 뽑혔다.

정수용이 이렇듯 뛰어난 능력으로 젊은 나이에 특수부대 부대장으로 임명된 것은 인정하는 분위기였지만, 그렇다고 자신들이 알지 못하는 특수부대가 있었다는 게 그렇게 쉽게 받아들일 수 없는 문제였다.

고준 국무총리는 대통령의 이야기를 모두 듣고도 한말 하지 않을 수가 없었다.

"정 중령의 능력은 잘 들었습니다. 그렇지만 아무리 대통령이라도 국회인준도 없이 특수부대를 구성한다는 것은 월권이 아닌가 생각됩니다."

고준 총리의 말에 김명한 국방부 장관이 조용히 대답을 하였다.

"대통령은 군 통수권자입니다. 필요하다면 언제든 특수부대를 만드실 수 있습니다."

담담히 말하는 김명한 장관의 말에 고준 총리는 조용히 그를 잠시 쳐다보다 고개를 돌렸다.

고준 총리는 사실 요즘 대통령인 윤재인의 행보가 너무 급진적인 것에 견제를 하기 위해 자신이 모르는 대통령 직속 특수부대가 있다는 사실을 알고 한마디 건넨 것이다.

그러던 것을 김명한 국방부 장관의 말에 자신이 한 말이 무색해지자 심기가 불편해졌다.

그런 분위기를 느낀 것인지 통일부 장관인 김전일이 얼른 분위기를 분위기 쇄신을 위해 입을 열었다.

"일단 북한의 동향이 어떻게 될 것인지 중요한 때에 특수부대의 문제가 뭐 중요하겠습니까? 일단 현황에 닥친 일부터 대책을 세워야 하지 않겠습니까?"

김전일 장관의 말에 표정을 푼 고준 총리는 얼른 조금 전 하다 만 대책회의를 재계하였다.

한편 갑자기 불려 와 엉뚱하게 눈총을 받았던 정수용은 조용히 한쪽에 앉아 NSC의 진행을 지켜보았다.

'뭐야! 아직도 북한의 의도도 파악하지 못하고 있는 것이야?'

정수용은 가만히 NSC의 진행을 지켜보고 있는데, 참으로 한심했다.

NSC위원이라고 하는 이들이 가진 북한의 정보나 현 정세를 듣고 있자니 정말이지 이들이 정말로 국가안보에 대하여 얼마나 알고 있는지 궁금했다.

그것은 국가정보원장이라는 김세진도 마찬가지였다.

아니, 어느 정도 정보를 가지고 있는 것 같기는 했지만 자신이 수한에게서 들은 것보다 못했다.

'어떻게 한 국가의 정보를 책임지는 사람이 일개 연구원보다 정보가 어둡냐?'

정수용이 생각하기에 대한민국의 정보력은 한참이나 낮았다.

라이프 메디텍 보안대와 훈련을 하면서 간간히 그들에게서 북한이나 한반도를 둘러싼 주변 국가들의 정황에 대하여 들을 때가 있었다.

사실 정수용은 이번 북한군의 동향에 대하여 3개월 전부터 알고 있었다.

다만 라이프 메디텍의 보안대가 알고 있는 정도라면 국정원이나 국군 정보사령부도 알고 있을 것이라 생각을 했기에 특별하게 생각하지 않았다.

그런데 지금 NSC회의를 지켜보자니 자신의 판단이 크게 잘못되었다는 것을 뒤늦게 깨닫게 되었다.

대한민국 정보를 책임지는 국정원이나 국군 정보사령부의 정보 취득 능력은 라이프 메디텍의 보안대안대보다 한참 떨어졌다.

어떻게 정보를 취득하는 것인지는 모르겠지만, 라이프 메디텍은 이번 북한군의 움직임을 3개월 전부터 예상을 했을 뿐 아니라 현재 중국과 일본의 움직임, 그리고 미국이 어떤 생각을 가지고 있는지도 파악하고 있었다.

물론 이런 사실도 아주 우연히 알게 되었다.

라이프 메디텍 보안대와 훈련을 마치고 휴식을 취하고 있을 때 보안대원들이 하는 이야기를 우연히 듣게 되어 알게 된 사실이다.

보안대의 이야기를 듣고 수용은 사촌인 수한을 찾아가 자신이 들은 이야기를 하게 되었다.

그리고 그곳에서 수한에게 현재 한국을 둘러싼 주변국들의 움직임을 한눈에 알 수 있을 정도로 자세한 이야기를 들었다.

현재 북한이 휴전선 근처로 각급 부대를 이동시킨 것은 단순히 위협을 하여 가뭄으로 심각한 식량난과 연료 부족을 해결하기 위한 행동이 아니었다.

모든 건 중국의 청부를 받아 그런 행동을 하고 있다는 것이다.

중국은 올봄 한국이 개발한 플라즈마 실드 발생 장치를 취득하기 위해 특수부대를 비밀리에 파견을 하였다가 실패를 하였다.

물론 중국은 그러한 사실을 전면 부인했다.

자신들은 전혀 그런 시도를 한 적이 없으며 그러한 부대도 있지 않다고 부정을 했으며, 오히려 적반하장으로 자신들을 비난하는 대한민국 정부에 위협을 하였다.

그렇지만 손바닥으로 하늘을 가릴 수는 없는 일이다.

중국에 그런 특수부대가 존재하고 있다는 것은 알 만한 사람들은 다 알고 있었다.

다만 중국의 힘이 강하여 함부로 말을 할 수 없는 것뿐이었다.

그리고 그건 대한민국 정부도 마찬가지다.

항의는 하였지만 중국이 그것을 시인할 것이라고 생각도 하지 않았으며 그저 실패를 알리는 것뿐이었다.

하지만 일단 중국은 자신들이 그런 시도를 했다가 실패한 것이 알게 모르게 여러 나라에 알려졌다는 사실이 기분 나빴다.

더욱이 세계 어디에 내놔도 손색이 없다고 자랑하던 흑검

이 아래라 평가하던 한국에서 실패를 하고, 또 모든 부대원이 사로잡혔다는 사실에 화가 났다.

무너진 자존심을 회복하기 위해선 자신들의 체면을 손상시킨 한국에 보복을 해야 하지만, 전면에 나서서 한국에 대한 보복을 할 수가 없었다.

그래서 중국이 생각해 낸 것이 바로 북한을 이용하는 일이었다.

세계의 깡패 국가인 미국과 또 다른 의미의 깡패 국가인 북한이라면 자신들의 무너진 자존심을 어느 정도 회복할 수도 있을 것 같았다.

어디로 튈지 모르는 북한 정권의 특성상 한국과 교전을 벌이더라도 자신들은 모르는 일이라 발뺌을 할 수도 있었다.

더욱이 올해도 극심한 가뭄으로 인해 식량난이 심각한 북한에 원조를 해 주겠다 한다면 충분히 자신들의 의도대로 행동할 것이 분명했기에 중국으로서는 한번 시도해 볼 만한 일이다.

그리고 그 의도대로 북한군이 움직이고 있는 중이다.

얼마 전까지만 해도 이산가족 상봉 협상을 위해 실무자들이 오가며 회의를 하였는데, 갑자기 협상을 중단하고 개성공단에 대하여 통제를 하기 시작하였다.

물론 그전에도 동해에 미사일 발사 시험을 하면서 대한민국 군이 군 장비 현대화를 하는 것에 불편한 심기를 나타내기는 했다.

　하지만 갑자기 군사행동을 할 정도로 남북의 관계가 나쁘지는 않았다.

　아무튼 정수용은 현재 북한군이 무엇 때문에 휴전선 인근에 군부대를 전진 배치하였는지 원인을 잘 알고 있었다. 또 일부 북한군 지휘관들이 어떤 움직임을 보일지 알고 있는 상태에서 현재 벌어지고 있는 NSC위원들의 회의 내용은 정말이지 헛발질만 하는 축구를 보는 것만 같았다.

◈　　◈　　◈

　요즘 들어 수한은 몸이 두 개라도 모자랄 정도로 무척이나 바빴다.

　추석 연휴 기간 가족들에게 말하지 않았지만, 현재 한반도를 두고 돌아가는 정세가 무척이나 급박하게 돌아가고 있었기 때문이다.

　물론 수한이 대한민국의 운명을 책임지는 그런 위치에 있는 대단한 인물은 아니다.

그렇지만 그가 사랑하는 이들이 살고 있고 또 자신이 태어난 곳이 바로 이곳 대한민국이다. 또 돌아가신 의붓 할아버지인 혜원은 자신에게 우리 한민족을 지켜 주길 원하는 소망을 남겨 주었다.

그래서 수한은 그렇게나 노력을 하였다.

나라를 지키기 위해서는 경제력도 중요하지만 무엇보다 우선하는 것이 강력한 국방력이었다.

강한 힘만이 모든 것을 지킬 수 있다는 것은 고금을 통틀어 진리로 통하고 있다.

무역 적자를 보면서도 최강의 군사력을 가지고 있기에 미국은 모든 나라들의 중심에서 영향력을 행사할 수 있는 것이다. 거기다 날로 발전하며 미국을 위협하는 세계 2위의 군사력을 가진 중국이 자신들의 잘못을 인정하지 않고 오히려 대한민국을 협박할 수 있는 것이다.

아무튼 수한은 대한민국은 국방력을 조금이라도 강화시키기 위해 그동안 많은 것들을 개발해 헐값에 공급을 해 주었다.

물론 그러한 수한의 노력을 알아주는 사람이 몇 되겠냐마는 그래도 수한은 사랑하는 사람들의 행복을 위해 불철주야 노력을 하였다.

그런데 이번 북한의 움직임은 너무도 전격적이었다.

비록 사전에 그러한 정황을 포착하고 있기는 하였지만, 그래도 북한의 사정상 이렇게 급하게 휴전선 인근에 전 사단을 전진 배치 할 줄은 수한 역시 예상 밖의 일이었다.

사실 전면전을 하려는 것이 아니라면 이렇게까지 전진 배치를 할 이유가 없었다.

더욱이 북한의 경제 사정으로는 군부대를 이렇게 대규모로 이동시키는 것은 있을 수 없는 일이다.

군부대를 이동시키는 것은 거저 되는 것이 아니라 모두 다 돈이 들어간다.

보병이야 행군으로 이동을 한다고 해도 군사 장비를 이동하기 위해선 차량을 이용해야 하고, 그렇다 한다면 기름이 들어간다.

현재 북한은 극심한 식량난은 물론이고 외국에서 식량을 원조해 주더라도 이것을 북한 각 지역으로 배분을 하기 위해 운송한 차량이 부족할 뿐 아니라 그것을 운용할 기름도 부족했다.

그동안 북한은 때가 되면 연례 행사처럼 미사일 발사 시험이나 서해 북방한계선(NLL)을 침범하며 도발을 해 왔다.

또 민족 비극인 6.25동란으로 인해 발생한 이산가족 면회라는 카드를 들이밀며 한국 정부를 흔들어 식량과 에너지 확보라는 자신들의 목적을 이루었다.

모르는 이들은 이것이 북한의 기막힌 술책이란 것을 모르고 그저 동포이니 불쌍한 북한 동포를 돕자고 하였고, 일부 정치인들은 이것을 이용해 자신의 이득을 취하기도 하였다.

수십 년째 계속되는 퍼 주기 식 정책이 실패했다는 것을 알면서도 동포이기에 전쟁 억제라는 명분으로 대한민국 국민들은 알면서도 속았다. 또 북한의 기만술과 일부 정치인들의 협잡질에 속아 점점 진실을 외면하기에 이르렀다.

어려서부터 민족 수호 단체인 지킴이의 수장 혜원에게 양육이 되면서 많은 것을 듣고 공부하며 성장한 수한이기에 일반인이나 정치인들보다 많은 것을 알고 있었다.

이미 본인 자체가 인간의 사고체계를 벗어난 초인이 아닌가.

혜원이 수한을 보며 해 주던 전륜성왕의 화신이란 말이 결코 허무맹랑한 말만은 아닌 존재가 되었다.

막말로 수한 본인이 개인의 무력을 앞뒤 재지 않고 행사를 한다면 세계 2위의 군사력을 가진 중국도 아닌, 전 세계 국가 연합의 전력과도 맞상대가 가능하다는 초강대국 미국도 함부로 하지 못할 것이다.

하지만 수한이 자신의 무력을 보이지 않는 이유는 만약 그렇게 한다면 자신의 조국인 대한민국이 세계에서 고립이 될 것을 빤히 알기 때문이다.

대한민국이 미국만큼 아니, 중국이나 러시아만큼의 힘만 있었다면 자신의 힘을 보이며 대한민국의 힘에 한 손 거들 었을 것이다.

하지만 대한민국은 그런 힘이 없었다.

세계 군사력 보고서에 보면 대한민국의 군사력은 세계 10위에 위치해 있다고 나와 있다.

하지만 그러면 뭐하는가.

국민을 올바르게 인도해야 할 상위계층에 있는 자들은 자들의 이득을 위해 의무는 거부하고 그 열매만 따먹고 있다. 거기다 국민은 그들의 앞잡이들이 호도하는 장밋빛 미래를 믿고 맹목적으로 따르고 있으니 어찌 자신들이 가진 힘을 재대로 쓸 수가 있겠는가.

더욱이 위정자들은 선거철만 되면 국민의 머슴이니 노비니 떠들다가 선거가 끝나면 언제 그랬냐는 듯 국민의 상전이 되어 호령을 하고 있었다.

그런데 참으로 아이러니인 것은 국민의 심판을 두려워해야 할 그들이 정작 국민은 두려워하지 않고 외국의 시선을 무서워한다는 것이다.

그래서 일본이나 중국의 누가 뭐라고만 하면 고개를 숙이며 자비를 구하는 것이 어느 나라 대표인지 참으로 헷갈리는 일이었다.

수한은 자신이 할 수 있는 모든 역량을 동원해 이러한 부조리를 혁파하고 누구의 눈치도 보지 않는 조국을 만들기위해 계획을 수립하였다.

이미 오래전 세웠던 계획이기에 차근차근 진행이 되어 있다.

그런데 이번 북한의 이상 상황 때문에 이러한 계획에 빨간 불이 켜졌다.

수한의 계획에 따르면 아직 대한민국에 주변국의 위협이있어선 안 되는 시기였다.

조금 더 국방력을 키워 주변의 위협에서 벗어나고 내부적으로는 확고한 국가관이 서 있는 위정자를 국가 지도자에앉힌다는 계획이다.

뿐만 아니라 사회를 좀먹는 이들을 일소해야 한다.

아무리 필요악이라 해도 국민의 정신과 건강을 해치는 이들을 그냥 두고 볼 수는 없지 않겠는가. 그들을 그냥 둔다는것은 몸속에 암이 퍼졌다는 것을 알면서도 치료를 하지 않는 것이나 마찬가지다.

그건 생명을 내던지는 행위와 같은 일.

그러니 수한은 그 또한 해소할 계획이었다.

그뿐 아니라 현재 벌어지고 있는 사회 부조리도 모두 없 애 버릴 생각이다.

그러기 위해선 시간이 필요한데 현 상황이 그렇지 못하니 고민인 것이다.

"공정이 얼마나 진행이 되고 있습니까?"

수한은 고리 발전소를 찾았다.

현재 수한이 다른 무엇보다 신경을 쓰고 있는 것은 바로 고리 발전소 지하에 있는 비밀 시설이었다.

대통령과 협약을 하고 비밀리에 건설 중인 이 시설은 대 한민국 내에서 그 정체를 알고 있는 사람이 손가락에 꼽을 정도로 극비의 것이다.

현재 시설을 시공하고 있는 사람들조차 정작 만들고 있는 것의 정체를 알지 못한다.

다만 그들은 원자로를 대신할 신형 발전 시설이라고만 알 고 있을 뿐이다.

하지만 그들이 알고 있는 물건은 이미 지상에 건설이 되 었다.

즉, 지하에 있는 시설은 발전과 하등의 관계가 없는 시설이지만 이 사실을 알고 있는 사람은 수한을 비롯해 윤재인 대통령과 김세진 국정원장, 그리고 비밀취급 인가 등급 중, 특급을 받은 일부만이 알고 있다.

더욱이 이런 시설은 이곳 고리에만 건설되고 있는 것이 아니었다.

중국과 북한의 탄도 미사일을 막기 위한 비밀 시설이기에 전국에 건설을 하고 있었다.

물론 위험한 원자력 발전 시설을 대체하는 청정에너지 확보라는 기치를 걸고 보안에 신경을 쓰며 다른 나라의 스파이들의 눈을 피해 건설 중이다.

만약 이 시설이 모두 계획대로 완성이 된다면 더 이상 대한민국은 핵무기를 더 이상 두려워할 필요는 없었다.

물론 핵배낭 같이 경로를 알 수 없는 공격은 예외지만, 미사일 발사에 의한 공격은 100% 막아 낼 것이다.

그렇기 때문에 현재 상황이 상황인지라 수한은 가장 진척이 빠른 고리 발전소를 찾아 그 진행 상황을 확인하는 중이다.

"예, 현재 지상 설비는 70% 정도 진행이 되었지만 이곳 지하 시설물은 아직 97% 공정이 완료되었습니다."

이곳 고리 발전소 건설 책임자로 있는 권기중 소장이 보고를 하였다.

사실 권기중 소장은 이곳 시설이 어떤 용도로 사용되는지 알고 있는 사람 중 한 명인데, 그의 정확한 신분은 공군 소장 출신으로 지금은 이곳 고리 발전소 건설 현장의 책임자로 임명이 된 사람이다.

그리고 정확히는 바로 수한이 수장으로 있는 지킴이의 회원이란 것이다.

지킴이는 민족 수호를 위해 오랜 기간 사회 곳곳에 자리 잡고 일을 해 왔다.

권기중 또한 다른 지킴이 회원들처럼 군에 투신한 사람 중 한 명이었다.

그는 현대에는 과거와 다르게 육군이나 해군의 전력보다는 공군의 전력이 핵심이라 생각해 공군에 투신했다.

그래서 전투기 조종은 물론이고 비행전술도 연구를 하며 공군에서 독보적인 행보를 하였다.

하지만 군이라고 정치와 떨어질 수 없는 것인지 이런 독보적인 능력을 가지고 있으면서도 진급은 그리 빠르지 못했다.

그렇다고 권기중이 중도에 포기하지는 않았다.

그가 예편을 한 것은 모두 수한의 권유 때문이었다.

믿고 일을 맡길 사람이 부족하다는 수한의 요청에 권기중은 공군 소장이란 직위를 버리고 천하 에너지에 입사를 하였다.

비록 낙하산 인사이기는 했지만 천하 그룹 정대한 회장의 인가를 받았기에 별다른 잡음은 없었다.

천하 에너지 상무이사의 직위를 받고 이곳 고리 발전소 건설 책임자로 온 권기중은 수한의 바람대로 철저한 보안 속에서 발전소와 이곳 지하 비밀 시설을 건설하고 있다.

"그럼 언제쯤 이곳 시설이 완공이 되는 것입니까?"

수한은 아직 97%밖에 진행이 되지 않았다는 말에 잠시 인상을 찡그리며 다시 물었다.

사실 원래 계획보다 조금은 빠른 진행이었지만 좋아할 수 있는 상황이 아니었다.

언제 북한이 미친 척하고 남쪽에 핵미사일을 발사할지 모르는 상황에서 한시라도 빨리 이곳 시설이 완공되기를 바랐다.

"이달 중순은 돼야 100% 완공이 될 것이고 시험 가동을 하기 위해선 지상 설비가 80% 진행이 되어야 가능하니…… 시험 가동까지는 30일 정도가 더 있어야 합니다."

GREAT
NOREA
그레이트 코리아

한 달은 더 있어야 시험 가동을 할 수 있다는 소리에 수한은 어떻게든 시간을 벌어야 한다는 생각을 하게 되었다.

'음, 시험 가동까지 한 달은 더 있어야 한다는 소린데⋯⋯. 어떻게든 시간을 벌어야 한다.'

수한은 결론을 내리고 어떻게든 뭔가 수를 내야 할 필요성을 느꼈다.

수한이 이렇게 동분서주하며 그동안 진행되고 있는 사업들을 점검하고 있을 때, 중국 북경에서는 북한과 중국 고위급 협상이 벌어지고 있었다.

◈　　◈　　◈

중국 북경, 이제는 경제 규모도 상당히 커져 미국도 무시 못 할 경제대국이 된 중국의 수도다.

다만 급격한 개발로 인해 북경은 사시사철 짙은 스모그에 찌들어 맑은 하늘을 볼 수가 없었다.

이 때문에 북경의 주민들은 만성 천식에 시달리고 있었지만 중국 정부는 이런 문제보다 더욱더 경제 개발에 총력을 기울이고 있었다.

그도 그럴 것이 경제 개방을 하면서 중국은 급속히 성장을 하였지만 아직도 초강대국 미국을 따라가기에는 멀었기 때문이다.

세계의 중심은 자신들이라 소리치고 있지만, 현실은 아직도 미국을 누를 수 없었기 때문이다.

하지만 중국의 지도자들은 이에 포기를 하지 않고 분열과 화합을 하면서도 한 가지 기치를 두고 계속 노력을 해 왔다.

최소한 아시아에서만은 최고가 되기 위해 총력을 기울였다.

일단 그러기 위해선 강력한 군사력이 필요하다고 생각한 그들은 군사력 증진을 위해 많은 노력을 하였다.

필요하다면 불법 복제나 우수한 해커들을 이용해 각국의 핵심 정보를 빼 오기도 하였다.

그러던 중 스파이들이 발각이 되어도 중국 지도자들은 개의치 않았다.

오히려 무고한 자국민을 모함하는 것이라 뻔뻔스럽게 나서며 보복을 하기 시작하였다.

무력이 아닌 경제적인 보복이었다.

세계의 공장이자 시장으로 떠오른 중국은 저가 제품으로 각국의 시장을 잠식하였다.

그렇게 벌어들인 자본으로 각국의 채권을 사들였다.

이것 중에는 초강대국 미국의 채권도 어마어마한 규모로 포함되어 있었다.

만약 중국이 채권을 시중에 유통한다면 미국은 국가 부도 사태가 벌어질 지경에 이를 정도로 엄청난 금액이었다.

이 때문에 아무리 자신들보다 군사력이 떨어지는 중국이지만 미국은 함부로 다룰 수가 없었다.

더욱이 세계 2위의 군사력을 가졌기에 쉽게 볼 수도 없지만 말이다.

핵무기를 보유함으로써 군사력의 차이는 의미가 없어진 것이나 마찬가지이기 때문이다.

재래식 병기의 차이는 핵무기 앞에선 아무것도 아니다.

그렇기 때문에 수한이 비밀리에 핵무기를 방어할 수 있는 시설을 건설하는 것이다.

아무튼 이렇게 미국의 견제 속에서 중국은 성장하고, 아시아에서는 그 영향력을 더욱 키워 나가기 시작하였다.

그러던 중 중국의 옆에 위치한 조그마한 나라에서 아주 특별한 물건이 개발되었다.

핵무기만큼 위협적이지는 않지만 생각하기에 따라 엄청난 파급력을 가진 물건이었다.

그 땅에 있는 민족은 자신들의 비위를 맞추며 살던 민족이란 생각에 중국 지도부는 그들이 개발한 물건을 자신들도 가지고 싶어졌다.

그래도 처음에는 정상적으로 거래를 통해 구매를 원했다.

하지만 어느 나라든 국가 전략에 해당하는 물건은 다른 나라에 판매를 하지 않는다.

한국도 마찬가지로 플라즈마 실드 발생 장치를 해외에 판매를 하지 않았고 중국의 구매 요청을 거절하였다.

그 때문에 중국은 플라즈마 실드 발생 장치를 얻기 위해 필요한 조치를 취했다.

우수한 해커들을 동원해 개발 회사를 해킹을 하였다.

그렇지만 그 작전은 실패를 하고 말았다.

100명이 넘는 해커들이 달려들었지만 오히려 역으로 해킹을 당해 많은 정보를 빼앗기고 말았다.

자신들이 수집한 정보를 빼앗겼지만 어디 가서 하소연을 하지도 못했다.

그도 그럴 것이 빼앗긴 정보는 사실 중국이 연구해 보유한 것들이 아니라 각국의 컴퓨터를 해킹해 빼돌린 것이었기에 오히려 스스로 흔적을 지워야만 했다.

아무튼 해커들을 이용해 자료를 빼돌리는 것도 실패를 하자 산업 스파이를 이용해 침투를 하려고 하였지만 이 또한 실패를 하였다.

보안이 심할 뿐 아니라 직원이 아닌 경우에는 회사 인근에 접근을 할 수도 없었기 때문이다.

그래서 하는 수 없이 특수부대를 파견하였다.

중국이 심혈을 기울여 양성한 특수부대 흑검 일 개 대를 보냈다.

어려서부터 무술을 수련한 최정예 대원들로 요인암살, 침투, 거짓 정보 살포 등 각종 특수임무에 타의 추종을 불허하는 부대다.

중국 지도부는 흑검 대원이라면 미국의 델타포스나 해군특수부대 중의 특수부대인 데브그루라도 막을 수 없을 것이라 자부하였다.

하지만 결과적으로 이들조차 실패를 하였다.

어떻게 된 일인지 모르겠지만 그들은 모두 생포가 되고 말았다.

이 때문에 한국 정부로부터 항의 서한을 받았지만 중국은 이를 전면 부인하였다.

어느 나라가 타국에 자신들의 특수부대를 파견하여 작전을 했다는 것을 인정하겠는가.

더욱이 한국은 세계 최강국 미국의 동맹국이며 핵은 없지만 무시 못 할 전력을 가지고 있는 국가이지 않은가.

한국의 항의에 부인과 협박을 하기는 했지만 중국 지도부는 자존심에 상처를 입었다.

별 거 없다 생각한 나라에 자국 최고의 특수부대가 작전에 실패한 채 생포되었으니 얼마나 자존심이 상한 것이다.

이런 무너진 자존심을 회복하기 위해선 어떻게든 한국에 피해를 줘야 할 필요가 있었다.

그런다고 무너진 자존심이 회복된다고 보기는 어렵지만 어찌 되었든 기분은 조금 나아질 것이기 때문이다.

그래서 생각해 낸 것이 바로 북한을 움직이는 일이었다.

몇 년째 계속되는 가뭄으로 북한의 경제는 제기 불능 상태가 되었다.

그런 상태에서 과도한 신무기 개발에 남은 돈마저 쏟아부었으니 경제가 살아날 수가 있겠는가.

그런 이유로 북한은 그냥 놔둬도 고사를 하거나 내부적으로 불만 세력이 나타나 쿠데타가 발생할 위험이 농후하였다.

더군다나 북한의 지도자 김장은의 군 장악력은 예전만 못했다.

북한은 중국에서 지원해 주는 경제 원조로 겨우 명맥을 유지하고 있을 뿐이다.

그러니 조금만 꼬드기면 자신들이 원하는 방향으로 움직여 줄 것만 같았다.

그래서 경제 원조를 미끼로 북한 정부를 움직이기 시작하였다.

"어서 오시오, 동지!"

중국 국무원 총리인 리창준은 회담장 안으로 들어오는 김영남 북한 최고인민회의 상임위원을 맞으며 인사를 하였다.

리창준의 환대에 김영남은 밝은 미소를 지으며 인사를 하였다.

"이렇게 절 맞아 주시니 정말이지 영광입니다. 국무원 총리 동무!"

중국과 북한을 대표해 회담을 하는 입장이다.

강대국 중국의 국무원 총리와, 중국의 원조를 받아야만 살아갈 수 있는 북한의 최고인민회의 상임위원은 그 위치부터 차이가 나는 자리였다.

"올해도 가뭄이 심해 심려가 크겠습니다."

리창준은 김영남을 보며 북한이 현재 식량 사정에 대하여 언급을 하며 회담을 시작하였다.

그런 리창준의 말에 김영남의 표정이 급격하게 어두워졌다.

정말이지 그의 말대로 계속되는 가뭄으로 북한의 식량 사정은 급격하게 나빠지고 있었다.

그렇다 보니 언제 폭동이 일어날지 아무도 예측할 수 없었다.

그 때문에 현재 북한은 비상경계 태세에 들어가 있었다.

김영남이 중국으로 떠나오기 전 지도자 김장은은 특별한 지시를 내렸다.

그것은 어떻게 해서든 중국으로부터 원조를 받아 오라는 것이다.

하지만 그런 명령을 들었다고 김영남에게 뾰족한 묘수가 있는 것도 아니다.

막말로 북한은 밑 빠진 독이나 마찬가지인 나라다.

북한이란 나라는 전체 인구 2,500만 명 중 1/10인 250만 명이 살고 있는 평양을 먹여 살리기 위해 2,250만 명이 희생을 하고 있다.

즉, 평양에 살고 있는 사람들만이 그나마 인간다운 삶을 영위하고 있을 뿐이다.

나머지 지방에 살고 있는 사람들은 고된 노동과 유엔 세계 식량 계획(WFP) 권장량이 600g의 절반밖에 되지 않는 250g의 배급으로 살고 있었다.

아니, 이나마 배급 받지 못하고 있는 사람이 허다했다.

극심한 가뭄이 몇 년째 계속되고 있어 국제기구에 원조를 요청하여도 북한의 인권문제로 인해 그나마도 중단이 된 상태다.

그나마 동맹인 중국에서 원조를 해 주고 있기에 버티고 있는 것이지 그렇지 않았다면 진작 무너졌을 나라다.

이런 생각이 든 김영남은 어떻게든 리창준을 통해 많은 것을 얻어 가야만 했다.

"우리 당은 형제인 중국의 도움을 절실히 바라고 있습니다. 도와주십시오."

김영남은 리창준의 말이 떨어지기 무섭게 고개를 숙이며 도움을 청했다.

그런 김영남의 모습에 리창준은 비릿한 미소를 지으며 고개를 숙인 김영남을 쳐다보았다.

하지만 그 미소도 금방 지우며 말을 하였다.

"이런 동지 말대로 북한과 우리는 형제가 아닙니까? 그런데……."

리창준은 김영남의 모습을 보며 대답을 하다 말고 말끝을 흐렸다.

본격적으로 자신들이 원하는 것을 북한에 요구하기 위해

일부러 김영남의 애간장을 태우는 것이다.

"요즘 한국의 행보가 참으로 우려가 됩니다."

뜬금없이 한국을 언급하는 리창준의 말에 김영남은 지금 무슨 소리를 하는 것인지 이해가 가지 않았다.

그런 김영남의 반응에 리창준은 아직 그가 자신의 말을 이해하지 못했다는 것을 깨닫고 차분히 설명을 하였다.

"한국이 무슨 생각인지 모르겠지만 요즘 군사력 증강에 열을 올리고 있는 것 같아 우리 당은 우려를 하고 있습니다. 비록 핵무기는 가지고 있지 않다고 하지만 한국의 군사력은 결코 무시할 수 없는 수준이지 않습니까?"

말을 하다 말고 리창준은 동의를 구했다.

그런 리창준의 말에 김영남도 어느 정도 동의를 하였다.

"그렇지요."

"그런데 플라즈마 실드라는 요상한 무기를 만들어 주변을 어지럽게 만들고 있습니다. 더욱이 들리는 정보에 의하면 그것을 미국에 판매를 하고 그 대가로 막대한 최신 전투기를 들여온다고 합니다."

리창준은 MMS에서 취득한 정보의 일부를 흘리며 김영남의 반응을 지켜보았다.

아니나 다를까? 김영남은 리창준에게서 한국이 최신 전투기를 대량 들여온다는 말에 깜짝 놀라고 있었다.

북한은 그동안 핵무기 개발에 전력을 쏟았기에 다른 전력 증강을 할 수가 없었다.

더욱이 식량 사정이나 군수 물자를 운용할 연료가 부족했기에 현대전의 핵심인 공군 전투기에 여유가 없었다.

그나마 최신형이라 할 수 있는 전투기도 MIG—29 몇 대가 전부였다.

그런데 한국은 보다 우수한 전투기를 몇 대가 아니라 대량으로 들여온다고 하니 걱정이 되었다.

사실 그런 것은 김영남이 관여할 문제는 아니었다.

그렇다고 아예 무관하지도 않았기에 걱정이 되는 것도 사실이다.

아무튼 김영남은 어떻게든 중국에 기댈 수밖에 없는 북한의 현실에 더욱 리창준의 말에 귀를 기울이며 계획한 식량 원조는 물론이고 중국에게서 군사 원조까지 부탁을 해야 할 판이었다.

"우리가 기댈 곳은 중국뿐입니다. 제발 도와주십시오."

결국 김영남은 리창준 앞에서 구걸을 하기에 이르렀다.

도저히 북한이 현실을 벗어날 수 방법이 그의 머릿속에 그려지지 않았기 때문이다.

그나마 자신들을 도와줄 수 있는 나라는 중국뿐이었다.

물론 한국에 도움을 청할 수도 있지만 그것만은 자존심이 허락하지 않았기에 머릿속에 잠시 떠올리지도 않고 무조건 중국의 바짓가랑이를 붙들고 늘어졌다.

"그러면 말이지……."

리창준은 김영남을 보며 아주 작은 목소리로 중국이 원하는 것을 말하기 시작하였다.

얼마 전 다친 자존심을 회복하기 위해 중국은 북한을 움직여 한국을 궁지로 몰기 시작하였다.

그리고 북한은 자신들이 살기 위해 동포인 한국이 어떻게 되든 상관하지 않고 중국의 요구를 수용을 하였다.

이 협상이 6개월 전에 있었던 협상이었다. 이때 약속한 것을 이행하기 위해 북한은 6개월이 지난 추석 연휴 직전에 휴전선 인근에 있던 군부대를 휴전선이 있는 곳까지 전진 배치하였다.

7.
불안한 한반도

서울특별시 종로구 세종대로 188번지.

이 주소는 바로 미국 대사관의 주소다.

현재 주한 미국 대사관은 늦은 시간에도 불이 꺼지지 않고 직원들은 전원 퇴근도 하지 않고 바쁘게 업무를 보고 있었다.

이들이 퇴근을 하지 않고 업무를 보는 이유는 바로 북한군의 이상 동향 때문이었다.

물론 이들이 북한의 이상 동향을 포착한 것은 한국 정부가 그들의 움직임을 알기 훨씬 이전이다.

CIS가 북한의 움직임이 심상치 않는 정황을 알아낸 것은 아주 우연이었다.

중국의 정보를 취득하기 위해 나가 있는 요원으로부터 북한 고위 인사가 북경을 다녀갔는데, 이때 만난 사람이 중국의 이인자인 국무원 총리 리창준이라는 것이다.

중국 정부 인사 중에서도 강력한 패권주의자로 분류되는 그는 중국의 차기 주석으로 유력시 되고 있는 인물이기도 했다.

그런 리창준이 북한 고위인사를 만날 이유가 없는데 북경에 주재하는 요원이 그런 정보를 보내 왔다는 것은 한반도에 큰 변화가 있을 것을 예고하는 것이나 마찬가지였다.

사실 북한과 중국의 관계는 예전만 못했다.

북한이 핵무기를 개발하면서 중국의 통제에서 벗어나려는 행보를 보였기 때문이다.

그나마 이전 김정이 국방위원장이 북한 지도자로 있을 때만 해도 외교적 관점에서 러시아와 중국을 북한의 편으로 끌어들이면서 서방 세계와 줄타기 외교를 하였는데, 그의 아들인 김장은이 집권을 하면서 모두 틀어지고 말았다.

총부리에서 권력이 난다는 모택동의 말에 심취했는지 그는 북한에 핵무기가 있다는 사실에 입각해 이전 중국에 고개를 숙이며 사대하던 정책을 거부하고 홀로 독존을 하려고 하였다.

그러다 보니 외교 부분에서 많은 손해를 보기는 했지만 북한 내부에서는 이런 김장은의 행보를 찬양하였다.

사실상 권력 기반이 약한 김장은으로서는 그게 최선이기는 하였지만 그 때문에 손해도 어머어마 하였다.

수년째 북한에 가뭄이 들어 식량난이 심각한데도 외부에 손을 벌릴 수가 없었다.

막무가내인 그의 행보에 손을 잡아 줄 이들이 없었기 때문이다.

그 때문인지 김장은은 더욱더 북한의 무력을 과시하며 한반도에 불안감을 조성했다. 그의 아버지 김정이가 펼쳤던 벼랑 끝 외교 전술을 더욱 밀어붙이고, 그 전술이 통하게끔 하기 위해 파탄 난 경제도 무시하고 탄도 미사일을 개발하였다.

그런 북한인데 중국의 강경파의 선두인 리창준 국무원 총리가 북한 고위인사를 북경으로 불러들였다는 것은 많은 것을 시사한다.

뭔가 중국의 입장이 지금과는 뭔가 바뀌었다는 것이다.

자신들의 심기를 거슬린 북한을 경원시하던 중국인데 언제 그랬냐는 듯 북한 고위인사를 불러들였다. 그가 돌아가고 나서 북한에 식량과 기름을 원조하는 것이었다.

더욱이 외부에 알려지지는 않았지만, 중국이 식량과 기름만 원조한 것이 아니라 무기도 원조를 했다는 정보를 알아냈다.

이런 정보를 알아내고 CIA 정보 분석 전문가들은 여러 가지 가능성에 대하여 보고를 하였는데, 그중 가장 가능성이 높은 것은 바로 한반도 내 전쟁 발발 시나리오였다.

중국이 지난봄 비밀 작전을 실패했던 자존심을 회복하기 위해, 그리고 플라즈마 실드 발생 장치가 더 이상 자신들에게 공급되는 걸 막고, 나아가 그것을 취득하기 위해 북한을 움직여 전쟁을 일으키려 한다는 내용이었다.

그리고 그런 전쟁 발발 시나리오의 가능성을 뒷받침하는 정보가 중국 각지에서 전해지고 있는 상황인데, 중국의 해안가 삼 대 군구의 움직임이 활발하다는 것이다.

일본과 국지전을 벌였던 동해와 남해함대를 비롯한 북한과 국경을 맞대고 있는 북해함대의 움직임도 활발해졌기 때문이다.

그동안 부실한 북해함대는 사실 중국에게는 예비 함대처럼 쓰이던 함대다.

그런데 전력을 충원하는 한편 수송선을 다량 배치해 북한

해역으로 자주 이동을 하는 것이 포착되었다.

그러니 미국으로서는 중국의 움직임과 북한의 움직임을 전혀 별개로 보지 않았다.

"제이슨! 현재 한국을 출국한 사람과 아직 출국을 하지 않은 국민, 그리고 한국에 남아 있기로 한 국민의 숫자는 어떻게 되고 있나?"

주한 미국 대사인 제럴드 박은 사무관인 제이슨 발리크에게 질문을 하였다.

현재 대사관의 주요 업무는 다름이 아니라 바로 한국에 주재하고 있는 미국인들의 출국이었다.

미국 정부는 한반도에 전쟁이 일어날 것이라 예상을 하고 비밀리에 자국민에 대한 호송 작전을 펼쳤다.

하지만 자신들이 수집한 정보를 한국 정부가 눈치채지 못하게 하다 보니 미국인들을 본국으로 송환하는 것이 늦어지고 말았다.

참으로 어처구니없는 행동이었지만 이것이 바로 미국 정부가 동맹인 한국을 생각하는 정도다.

원칙대로라면 한반도에 전쟁 가능성이 있다는 정보를 취득했다면 동맹인 한국 정부에 알리는 것이 당연하다.

그런데도 미국 정부는 동맹과 협약을 맺었음에도 그런 중요한 정보를 은닉했다.

그렇다고 한국이 나중에 이런 사실을 안다 한들 항의할
수도 없다.

그만큼 한국 정부의 힘이 안 되기 때문이었다.

만약 한국의 힘이 일본 정도만 되었어도 미국의 행보는
달랐을 것이다.

자신들이 취득한 정보를 알려 주고 공동 대응을 했을 것
이 분명하지만 현재 한국의 영향력은 그 정도에 이르지 못
했다.

물론 플라즈마 실드 발생 장치라는 획기적인 물건을 만들
어 내기는 하였지만 그것 하나만으로 미국의 생각을 변화시
키기에는 너무도 미비했다.

솔직히 그것이 없더라도 미국은 어려움을 겪지 않았다.

있으면 좋고 없어도 상관없는 물건. 그것이 바로 플라즈
마 실드 발생 장치다.

물론 플라즈마 실드 발생 장치가 다른 나라에도 있다면
문제가 달라지겠지만, 미국의 입장에서 전쟁이 발발하건 하
지 않건 그리 큰 문제는 아니다.

미국이 생각하는 입장에서 한반도에 전쟁이 발발했을 때,
그 전쟁이 미국에 이익이 되느냐, 그렇지 않느냐, 하는 것,

그것만이 미국의 관심일 뿐이다.

그리고 미국의 판단은 한반도에 전쟁이 발발하는 것이 더 이득이라는 결론을 얻었다.

물론 그렇다고 일부러 한반도에 전쟁을 조장할 생각은 없었다.

자신들이 아니더라도 전쟁을 일으키려는 존재가 나타났기 때문이다.

중국이 북한을 이용해 한반도에 전쟁을 일으키려고 하는 것은 미국 입장에서 어찌 되든 이득이었다.

전쟁이 발발하건 아니면 한국이 가진 군사력이 자신들이 파악한 것 이상이어서 일어나지 않건 뒤에 중국이 전쟁을 힐책했다는 것 하나만으로 이득인 것이다.

전쟁이 일어나면 자신들은 한국에 비싸게 무기를 팔아먹을 수 있으니 이득이다. 그렇지 않으면 자꾸 기어오르는 중국과 핵무기 개발로 자신들의 심기를 어지럽히는 북한을 손봐 줄 수 있으니 그것만으로도 이득이리라.

그러니 굳이 이런 정보를 한국 정부에 알리지 않는 것이다.

하지만 이런 미국의 생각을 이미 알고 있는 존재가 한국에 있다는 것을 미국 정부나 CIA는 알지 못했다.

"현재 한국에 머물고 있는 미국인 중 40%는 출국을 하였습니다."

"40%? 왜 아직도 그것밖에 출국하지 않은 것인가?"

제럴드 박은 흥분을 하며 윽박질렀다.

벌써 3개월 전부터 한국에 머물고 있는 미국인들에게 통보를 하여 한국을 출국하라고 하였다.

그렇지만 대사관의 노력에도 한국을 벗어나는 미국인들의 숫자는 그리 많지 않았다.

제이슨 사무관이 말한 40%도 사실 한국에 머물고 있는 주한미군의 가족들과 일부 관광객의 숫자일 뿐이었다.

오랜 기간 한국에 머물고 있는 미국인들은 대사관의 통보에도 불구하고 한국군의 능력을 믿고 그저 자신들의 일상을 이어 갈 뿐이었다.

사실 그들에게 북한의 도발은 이제는 일상이 된 한국인들처럼 대처를 하고 있었다.

한국에 오기 전에는 북한의 도발에 한국에 전쟁이 일어날 것이라 걱정을 많이 했었는데, 한국에 들어와서 알게 되었다.

외부에서 보는 것보다 안전하다는 것을 말이다.

물론 처음 한국에 와서 한국인들의 반응에 적응하기까지 이해가 가지 않기도 했지만 지내다 보니 알게 된 것이다.

북한의 무력 도발이 그저 자신들이 원하는 원조를 얻어내기 위한 방법일 뿐이지, 결코 북한이 전쟁을 원하고 있지 않다는 것을 말이다.

하지만 이번에는 다르다는 것을 미국인들은 알지 못했다.

북한이 전쟁을 하고 싶지 않다고 해도 그들의 뒤에는 중국이 있었다.

제럴드 박 대사의 다그침이 있었지만 제이슨도 할 말이 있었다.

민주주의를 수호하는 미국의 입장에서 자국민을 전쟁이 일어날지 모른다고 강제로 어찌할 수는 없기 때문이다.

이 모든 것이 한국 정부에 현 상황을 알리지 못하게 한 정부와 대사의 과오에서 비롯된 일이기 때문이다.

만약 한반도에 전쟁이 일어날지도 모른다는 정보를 알렸더라면 보다 쉽게 미국인들을 한국을 떠나게 할 수 있었는데, 정책 때문에 그렇지 못했으니 절대 자신의 무능 때문이 아니라 생각했다.

그런 불만은 자신도 모르게 얼굴에 표시가 나고 말았다.

사실 제이슨 말리크의 집안도 미국 내에서 힘깨나 쓰는 집안으로, 그가 젊은 나이에 국무부 사무관으로 있는 것만 봐도 결코 힘없는 위인은 아니다.

그러다 보니 가끔 이렇게 자신을 무시하는 듯한 분위기에 참지 못하고 욱하고 나타나는 때가 있었다.

물론 자신의 배경이 대단하다고 해서 상급자에게 무턱대고 들이대는 사람도 아니었다.

미국 정계는 결코 쉬운 곳이 아니다.

언제 어느 때 자신의 정적이 그런 약점을 가지고 덤벼들지 모르기 때문이다.

잠시 얼굴을 붉히던 제이슨 말리크는 표정을 풀고 조용히 제럴드 박을 쳐다보았다.

그제야 자신이 조금 앞서 나갔다는 것을 깨달은 제럴드 박은 그렇다고 하급자인 제이슨에게 사과를 하지 않고 분위기를 바꾸기 위해 질문의 방향을 다른 쪽으로 돌렸다.

"더글라스 사령관, 주한미군은 어떻게 대처를 하기로 했습니까?"

더그랄스 사령관은 제럴드 박 대사의 질문에 굳은 표정으로 대답을 하였다.

비록 그가 미군으로서 미국의 이익을 위해 움직인다고 하지만, 군인인 그의 입장에서 이번 본국의 처사가 그리 마음에 드는 것은 아니었다.

요즘 들어 자신들의 의도와 다르게 한국 정부가 행보를

하고 있다고 하지만 동맹인 한국 정부에 전쟁이 발발할지도 모르는 정보를 알리지 않는 것에 약간은 마음이 쓰였다.

막말로 늦게라도 한국 정부에 그런 정보를 전달했다면 자신이 지휘하는 주한미군이 이렇게까지 힘들지는 않았을 것이기 때문이다.

더욱이 군인이라고 해서 총알이 빗나가는 것도 아니고, 또 맞았다고 죽지 않는 것도 아니다.

한국에 주둔하고 있는 자신의 부하들의 안위가 걱정이 되는 더글라스 사령관은 제럴드 박 대사의 질문에 얼굴 표정을 굳히며 대답을 하였다.

"유사시 선제 타격을 할 수 있게 준비 태세에 돌입했습니다."

"그게 무슨 소립니까? 준비 태세라니요?"

제럴드 박 대사는 더글라스 사령관의 대답이 마음에 들지 않는 듯 따지며 물었다.

"본국에서는 될 수 있으면 이번 한반도에 발발하는 전쟁에 관여하지 말라고 지침이 내려오지 않았습니까? 참여를 하더라도 최대한 그 시기를 늦춘 다음에 나서라는 방침인데, 지금 사령관이 정부의 지침을 반대하는 것입니까?!"

제럴드 박 대사는 다시 한 번 떠들며 고함을 질렀다.

하지만 더글라스 사령관도 그런 제럴드 박의 말에 인상을 구기며 대답을 하였다.

"그럼 이 좁은 땅에서 전쟁이 발발했을 때, 우리는 어디로 피한다는 말입니까? 땅이 넓은 나라도 아니고, 미사일 한 발이면 전 지역이 사정권 안인데. 그리고 어찌 되었든 한국은 우리 미국의 동맹입니다. 동맹국에 전쟁이 발발하는데 뒤로 빠진다면 우리와 동맹을 맺은 그 어느 나라도 우리 미국을 신뢰하지 않을 것입니다."

더글라스 사령관은 가슴속에서는 천불이 나고 있었지만 하고 싶은 말을 최대한 순화해서 제럴드 박 대사에게 말을 하였다.

그런 더글라스 사령관의 말에 제럴드 박도 뭔가 생각하는 것이 있는지 조용히 입을 다물었다.

제럴드 박 대사가 입을 닫고 침묵을 하며 생각에 잠기자 대책 회의를 하던 사무실은 한순간 정적에 싸였다.

그런데 생각에 잠긴 제럴드 박을 보는 사람들의 표정이 참으로 가관이었다.

그들의 시선에는 자국을 대표하는 대사를 보는 존경하는 눈빛이 전혀 없었기 때문이다.

지금은 미국을 대표하는 대사이기는 하지만 그의 출신은

미국이 아닌 이곳 한국 출신이라는 것을 잘 알고 있었다.

더욱이 이곳 한국에서 태어나 고등학교를 나오고 국비 장학금을 받고 미국에 유학을 하였다.

그렇게 유학을 하고 한국에서 승승장구를 하다 미국으로 이민을 와서 정치에 입문을 해, 지금은 대사가 되었다.

나중에 안 사실이지만 제럴드 박은 미국 유학 시절 CIA에 포섭이 되어 교육을 받았으며 한국에 돌아가 각종 정보를 빼돌렸다.

물론 그런 사실은 한국 정부에 알려지지 않은 사실이다.

아무튼 제럴드 박의 출신이 한국이란 것을 잘 알고 있는 더글라스 사령관과 이 자리에 있는 사람들은 모든 것을 알고 있었다.

그런데 자신이 태어난 나라에 전쟁이 일어난다고 하는데도 아무런 책임감을 느끼지 않는 듯 행동하는 제럴드 박 대사를 보며 마치 더러운 무언가를 보는 거 같은 표정이었다.

"김영남 위원! 중국에서 들어오기로 한 쌕쌕이는 들어왔네?"

김장은은 김영남을 최고인민회의 상임위원을 보며 물었다.

그가 지금 물어본 쌕쌕이란 바로 전투기를 말한다.

전투기가 날아갈 때 바람을 사르며 쎄액! 하는 소리를 내며 날아가는 것을 비유한 용어다.

중국은 6개월 전 김영남을 불러 협상을 벌일 때, 자신들의 요구를 들어준다면 북한에 식량과 연료뿐 아니라 전투기 등 무기도 공급해 주기로 약속을 하였다.

식량과 연료는 계속해서 들어오고 있지만 무기는 쉽게 넘겨줄 수 있는 물건이 아니기 때문에 미국이나 UN의 감시를 피해 넘겨줘야 하기에 약속한 수량을 많이 북한에 들여오지 못했다.

중국은 북한에 요구한 것은 별것 없었다.

예년처럼 도발을 하는데, 단순 포격만 하는 것이 아니라 보다 강력한 것을 요구하였다.

전방에 배치된 부대들도 조금 더 전진 배치를 하였다. 육군은 물론이고 해군과 공군 역시 이번 기회에 동원을 하여 한국을 뒤흔들라는 것이었다.

물론 현재 북한의 사정상 그 정도로 상황을 끌고 가기 위해서는 많은 지원이 필요하겠지만, 그것은 중국이 책임지겠다고 하였기에 북한 정부도 협상문에 사인을 하였다.

사실 중국의 제안은 북한 입장에서 손해날 것이 없었다.

경제가 무너지면서 북한은 무기가 있어도 운영할 여력이 없었다.

식량난과 연료난으로 인해 가용할 수 있는 장비가 얼마 없었기 때문이다.

사실 외부에 알려진 탄도 미사일도 가용할 수 있는 수량이 몇 기 없었다.

그 모든 것이 다 연료 부족 때문이다.

그런데 그 모든 것을 중국이 해결을 해 준다고 하니 북한의 입장에선 발 벗고 환영할 일이었다.

"지도자 동지! 미국의 감시가 너무도 심해 사흘 뒤나 돼야 3차분 젠─15 20대를 보내 준다 했습니다."

김영남은 조심스럽게 김장은에게 보고를 하였다.

그가 아무리 김장은에 이은 당내 서열 2위라고 하지만 솔직히 북한에서 서열이란 의미가 없었다.

김장은이 마음만 먹으면 100위 밖의 인물이라도 당장 자신과 위치를 바꿀 수도 있었다.

그러니 언제나 행동이나 말투를 조심해야만 했다.

현재 북한 권력자들 내부에서는 삼 대째인 김장은의 행보에 심히 우려를 나타내고 있었다.

그의 너무도 과도한 공포 정치가 자칫 내부에 쿠데타를 불러일으키지 않을까 하는 우려였다.

김장은은 북한 최고 지도자로 등극하면서 조짐이 심상치 않았다.

북한의 권력이란 군부에서 나오는데, 김장은의 군부 장악력은 이전 그의 할아버지 김이성이나 그의 아버지 김정이에 미치지 못했다.

그 때문에 권력을 나눠 군은 그가 장악을 하고, 부족한 부분을 그의 고모부인 장성태가 후견인으로 지원을 하는 형태였다.

하지만 그런 구도는 오래가지 않았다.

어려서부터 권력에 심한 집착을 가지고 있던 김장은인지라 그는 권력을 나눠 가진 고모부를 숙청을 하였다.

뿐만 아니라 고모부가 장악하고 있던 계파가 혹시나 쿠데타를 일으킬 수도 있다는 생각에 그 기반 자체를 날려 버렸다.

그 때문에 그나마 살아나던 북한 경제는 끝이 보이지 않는 나락으로 빠지고 말았다.

북한 경제를 책임지고 있던 장성태의 숙청으로 북한에 대한 신뢰도는 한 없이 추락하면서 국제 사회의 원조나 지원도 끊어졌다.

뒤늦게 자신의 실책을 깨달았지만 김장은의 행동은 그것으로 끝이 아니었다.

김장은은 자신의 잘못을 감추기 위해 더욱 무섭게 공포 정치를 하였다.

고모부 장성태 숙청 이후 서열 2위로 오른 현원철을 비롯해 고위인사 15명을 처형하였다.

죄목은 반역죄라고 하는데, 아무런 재판 과정 없이 순식간에 벌어진 일이라 아무도 정확한 이유를 알지 못했다.

나중에서야 현원철이 러시아 전승 기념일에 러시아를 방문했다가 러시아 유력인사와 뭔가 협상을 했는데, 그것이 빌미가 되었다는 것이다.

그리고 그뿐 아니라 노동당 제1비서였던 채영해도 김장은이 연설은 하는데 졸았다는 이유로 처형이 되었다.

이렇듯 북한 권력 서열에 관계없이 자신의 마음에 들지 않으면 바로 처형을 하니 아무리 권세가 높은 북한 권력자라도 김장은을 두려워하지 않을 수 없었다.

그의 권력에 도전을 하려는 기미가 아니라 단순한 생리작용 때문에 처형을 하는 지도자를 정상으로 보기 어렵지 않겠는가.

이렇게 김장은은 불안전한 권력 기반에서 출발한 자신을 보호하기 위해서라도 공포 정치를 하지 않을 수 없었다. 그렇기에 김장은의 측근으로 있으면서도 김영남이 두려워하는 이유다.

"뭐가 그리 늦네! 그렇게 해서 남한에 위협이라도 할 수 있갔네?"

김장은은 뭐가 그리 마음에 들지 않는지 큰소리를 쳤다.

하지만 그가 큰소리를 친다고 해서 상황이 바뀌는 것은 아무것도 없었다.

미국은 위성을 통해 세계의 화약고 중 하나인 이곳 한반도를 상시 감시를 하고 있었다.

물론 국제 협약 때문에 한반도 상공에 정지 위성을 띄우지는 못하지만 극궤도 위성을 통해 감시를 하였다.

그 때문에 뭔가 숨기기 위해서는 이런 극궤도 위성이 한반도를 지나간 뒤에서 움직여야만 하였다.

중국은 한반도를 감시하는 미국의 극궤도 위성이 지나간 시간과 일본의 위성이 한반도를 벗어났을 때만 군사 물자를 북한으로 들여보냈다.

그러다 보니 협상 후 6개월이나 지났지만 원하는 만큼 북한에 장비를 들여보내지 못하였다.

◈   ◈   ◈

북한이 동해에서 미사일 발사 시험을 하고 서해에서는 연일 포 사격을 하였다.

이런 뉴스가 나올 때마다 세계의 언론은 동북아에 새로운 전쟁이 발발하는 것은 아닌가 하는 뉴스를 보도하였다.

하지만 그런 뉴스를 접하면서도 대한민국 국민들은 언제나 북한이 그랬던 것이기에 이번에도 그러려니 하며 자신의 일에 종사를 하였다.

그런데 휴전선 인근에 분포해 있던 북한군 사단들이 군사분계선 가까이 전진 배치를 하였다는 뉴스가 보도되면서 낙관하던 대한민국 국민들은 점점 불안에 떨기 시작하였다.

전해지는 뉴스들이 점점 낙관적인 내용보다는 전쟁 발발 쪽에 무게가 실리면서 어처구니없는 현상이 일어나기 시작하였다.

그것이 무엇이냐 하면, 불안한 국민들을 안심시켜야 할 국가 지도자급들이 앞장서서 나라를 떠나고 있던 것이다.

말로는 계획되어 있던 일정을 보기 위해 외유를 하는 것이라 말을 하였지만 면면을 살펴보면 그렇지 않았다.

뉴스에서 북한군이 휴전선에 전진 배치를 하였다는 보도
가 나가자마자 이미 그들의 가족이 어학연수나 연수를 가는
자식을 뒷바라지하기 위해 따라간다며 출국을 하였기 때문
이다.

그뿐만이 아니었다. 자산을 해외로 빼돌리려는 시도를 하
다 걸린 경우도 있었다.

몸도 빠져나가고 재산까지 해외로 빼돌려 조국은 전쟁이
나거나 말거나 지들만 잘살겠다는 행보였다.

이런 소식이 알려지면서 몇몇 인사들은 외환거래법 위반
으로 구속이 되기도 하였지만, 상당수 인원은 이미 정부가
조사를 하기 전 이미 국내를 빠져나간 뒤였다.

그런 인사들은 조사를 통해 불법이 있을 경우 강제 송환
을 할 계획이기는 하지만, 만약 그런 자들이 대한민국 국적
을 포기한다면 그것을 처벌할 수 없었다.

아무튼 이런 뉴스가 나가고부터 정국은 무척이나 어수선
하게 돌아갔다.

국가 지도층들의 이런 이탈로 인해 국민들의 불안이 심화
되면서 전국 각지에서 폭동이 일어날 조짐을 보이기도 하였
다.

이는 전쟁이 일어날지도 모른다는 불안감에 그 공포가 정신을 지배하면서 일어나는 집단 히스테리였다.

하지만 해외로 도망을 치는 사람이 있는 반면 그렇지 않고 자신의 자리에서 어떻게든 국민들을 안정시키려는 모범적인 행동을 하는 이들이 있었다.

그 때문에 심각한 사회문제가 될 뻔한 사건이 크게 번지지 않고 잘 마무리 되었다.

청와대 비상대책회의실.

윤재인 대통령은 연일 계속되는 비상대책회의로 인해 무척이나 피곤하였다.

북한의 도발이 전쟁을 준비하는 것이란 정황이 속속 드러나고 있는 가운데 동맹인 미국의 행동이 이상했기 때문이다.

원래라면 주한미군이 먼저 이상 징후를 느끼고 북한의 도발을 막기 위해 행동을 보여야 함에도 평상시보다 경계태세만 상향한 채 군인들의 외출외박을 막는 정도로 그쳤기 때문이다.

그 때문에 한국은 주한미군의 동향이 그저 평상시보다 조금 경계가 심한 것에 안심을 하고 별다른 조치를 하지 않았다.

그저 군에 비상경계 태세를 상향해 북한군을 경계하면서 조만간 상황이 해제될 것으로 예상을 하였다가 뒤늦게 북한이 중국으로부터 대규모 원조를 받았다는 것을 알고 망연자실했다.

물론 당황하기는 하였지만, 언제까지 그렇게 있을 수 없다는 생각에 정신을 차리고 더욱 경계 태세를 상향해 만약 북한군이 도발을 해 올 경우 과감하게 대응을 하라는 명령을 내렸다.

막말로 북한군이 공격을 했는데, 우왕좌왕 하다 피해를 늘리기보단 과감하게 대응을 하여 피해를 최소화 하라는 것이었다.

그런 상부의 명령을 받은 군은 정신을 차리고 북한군을 예의주시 하였다.

"어떻게 되었습니까? 정보를 확인하였습니까?"

윤재인 대통령은 피곤한 표정을 하면서도 김세진 국정원장에게 물었다.

김세진 국정원장은 대통령의 질문에 표정을 굳히며 대답을 하였다.

"확인한 결과 사실로 드러났습니다. 중국은 지난 28일 북한에 전투기 20대를 보내 준 것을 확인하였습니다."

"그럼 현재 북한군 전력은 어떻게 되나?"

윤재인 대통령은 김세진 국정원장의 보고에 현재 북한군의 전력을 물었다.

그런 대통령의 질문에 김명한 국방부 장관이 대답을 하였다.

"현재 북한군의 전력으로는 이번에 중국으로부터 들여온 전투기 30대, 전차 40대, 장갑차 38대를 합하면 북한은 전투기 180대, 전차 4,500대, 장갑차 11,800대, 장사정포 12,000문…… 입니다. 이 중 위협이 되는 전력은 별로 되지 않는데, 그것은 북한군이 그동안 군사력 증강을 위해 노력을 하였지만 재래식 전력보단 탄도 미사일 개발에 노력을 기울이다 보니 상대적으로 장비의 노화를 막지 못했습니다. 또 교체 시기를 놓쳐 우리 군을 위협할 전력으로는 탄도 미사일 전력과 이번에 중국으로부터 들여온 장비 정도이고 그 외에는 그리 걱정하지 않으셔도 됩니다."

김명한 국방부 장관은 국군의 전력과 북한군의 전력을 비교하여 설명을 하였다.

그러면서 북한군은 국군의 비교 대상이 될 수 없음을 강조하였다.

그동안 자신이 국방부 장관으로 있으면서 군 개혁을 주도하였는데, 이제야 자신의 일을 제대로 평가 받을 시기가 왔다는 것에 고무되어 힘 있게 발표를 하였다.

물론 이런 일이 발생하지 않았으면 더 좋았을 것이지만, 사실 김명한 국방부 장관도 그동안 군 개혁을 하면서 무척이나 스트레스를 많이 받았다.

개혁을 하려는 주체가 군이다 보니 안팎으로 많은 압력이 대단하였다.

군 내부에서는 물론이고, 국회에서도 많은 예산을 소비하는 군대를 그리 좋은 시선으로 보지 않았다.

그동안 군은 장비 개선을 위해 많은 예산을 사용하였지만 내부 비리로 인해 원하는 만큼 효과를 보지 못 하였는데, 김명한 국방부 장관이 자리에 앉으면서 그런 비리를 척결하였다.

장비 도입을 위해서 누군가에게 완전 일임하는 것이 아니라 기존처럼 사업을 추진하면서 그 담당자를 감시하는 기구를 마련한 것이다.

이 때문에 군에서는 자신들을 믿지 못해 외부 감사를 둔 것에 민감하게 반응을 하였다.

하지만 김명한 국방부 장관은 그런 군 장성들의 불만에 눈도 깜짝하지 않고, 그대로 추진을 하였다.

그도 그럴 것이 그동안 믿고 맡겼지만 모든 사업들이 비리로 얼룩지며 외국 방산업체들의 노후 된 장비를 제값 주고 들여오는 호구로 전락하였기 때문이다.

이런 김명한 국방부 장관의 주장에 불만을 토로하던 장군들의 입이 쏙 닫아졌다.

군 장성 어느 누구도 그런 비리에서 자유롭지 못했기 때문이었다.

그 때문에 김명한 국방부 장관의 강력한 개혁안은 군 내부 불만에도 강력하게 추진되었고, 그렇게 함으로써 제값 주고 제대로 된 장비를 구입할 수 있게 되었다.

이렇게 군 내부 불만을 강력히 단속을 하며 사업을 추진하였지만 커넥션은 군 내부에만 도사린 것은 아니었다.

비리를 저지른 장성들은 약과였다. 그들의 뒤에는 현역 국회의원들이 도사리고 있던 것이다.

원래는 정부의 업무를 감시하기 위한 존재들이었던 그들이 오히려 이권에 눈이 어두워 외국 업체 이득에 편승을 한 것이다.

그렇다 보니 군대를 개혁하고 있는 김명한 장관의 행보를 못마땅하게 여긴 일부 국회의원들이 탄핵을 하였다.

이미 비리를 쥐고 있던 국정원 그리고 대통령은 이런 정보들을 활용해 김명한 국방부 장관의 탄핵을 무마시키며 그가 추진하는 개혁안에 힘을 실어 주었다.

이렇게 개선된 군이 있었기에 김명한 국방부 장관은 현재 북한군의 도발이 심각한 수준임에도 자신감을 보일 수 있었다.

그리고 그 내면에는 천하 컨소시엄에서 개발한 플라즈마 실드 발생 장치가 한몫하고 있었다.

천하 컨소시엄은 신형 주력전차를 개발하면서 부속 장치로 신형전차의 방어력을 향상시키는 장치로 플라즈마 실드 발생 장치를 개발하였다.

그리고 플라즈마 실드 발생 장치를 그냥 그대로 생산하는 것으로 끝내는 것이 아닌 새롭게 개량을 하여 국군의 방어력에 힘을 실어 주었다.

알려지진 않았지만 군 주요 시설에는 개량된 플라즈마 실드 발생 장치가 설치되어 보호를 하고 있었다.

그러니 김명한 국방부 장관이 이렇게 자신 있게 말을 할 수 있는 것이다.

"저희 군은 준비 태세가 완벽하게 갖춰진 것은 아니지만,

북한군 정도는 충분히 막아 낼 뿐 아니라 만일 도발을 한다면 이번 기회에 밀고 올라가 통일을 할 수도 있을 것입니다. 다만 북한이 가지고 있는 핵무기에 대한 대책은 아직 수립되지 못했습니다."

자신감 있게 말을 하던 김명한 국방부 장관도 말을 하던 중 북한이 보유한 핵무기에 대한 방비에는 고개를 흔들 수밖에 없었다.

비록 얼마 전 천하 디펜스에서 요격 미사일이 개발되기는 하였지만 그것만 믿고 대응하기에는 아직 불안했던 것이다.

핵이란 것은 1%의 불안 요소를 가지고도 쉽게 생각할 수 없는 무기였다.

막말로 북한이 개발한 핵무기를 99% 막아 냈다고 해도, 단 한 발이라도 막아 내지 못하면 말짱 도루묵이 되는 것이다.

그러니 김명한 국방부 장관이라고 해도 이것만은 자신 있게 대답을 할 수가 없었다.

그런 김명한 장관의 말에 비상대책회의를 하던 위원들의 표정이 굳어졌다.

솔직히 이 자리에 있는 위원들 모두 북한의 무력에는 그리 걱정을 하고 있지 않다.

다만 그들의 보유한 핵무기가 걱정이 될 뿐이다.

만일 전쟁이 발발했을 때 북한은 최후의 순간에 핵무기를 사용할지도 모르기 때문이다.

국가 체재가 무너지는 입장에서 김장은이 선택할 수 있는 길은 함께 망하는 것일 터. 비상대책위원들은 북한이 핵무기를 사용하기 전 북한을 무력화 시켜야만 하는 딜레마에 빠졌다.

서울 송파구 장지동 위례신도시.

수한은 퇴근을 하고 집으로 들어왔다.

"이제 오니?"

최성희는 집으로 들어오는 수한의 표정이 굳어 있는 것을 보며 조심스럽게 물었다.

"무슨 일 있는 거야?"

걱정스러운 표정으로 조심스럽게 물어 오는 의붓어머니의 물음에 수한은 조용히 대답을 했다.

"어머니."

"응! 그래, 말을 해 봐! 무슨 일이니?"

자신이 의붓어머니를 부르자 더욱 걱정스러운 표정으로 물어 오는 모습에 수한은 자신도 모르게 긴장이 풀어짐을 느꼈다.

언제나 느끼는 것이지만, 수한은 이곳 대한민국에 환생한 것을 정말로 신이 자신에게 내려 주는 축복이라 생각했다.

세상 어느 어머니나 그렇겠지만 특히나 대한민국 어머니들의 자식에 대한 사랑은 그 무엇과도 비교할 수 없는 것이다.

아니, 딱 하나 있다. 그것은 비교 자체가 모성애를 모욕하는 말이기는 하지만 비슷한 형태를 띤다는 것에 비교를 할 수는 있을 것이다.

그것이 무엇이냐 하면 그것은 바로 신에 대한 광신도(狂信徒)의 그것이었다.

광신도들의 맹목적인 신에 대한 맹종과 대한민국 어머니들의 자식에 대한 맹목적인 사랑이 닮기는 하였다.

다만 그것은 플러스적 에너지라는 것이 다를 뿐이다.

비록 피가 섞인 관계는 아니었지만 결혼을 하지 않고 지금까지 자신을 키워 준 최성희였다.

일신학원에서 탈출을 하고 숨어 살면서 결혼을 할 기회가 없던 것은 아니었지만, 최성희는 결혼을 하지 않고 홀로 수한을 양육하였다.

물론 현운사 주지인 혜원이 물심양면으로 많은 도움을 주었다고 하지만 아직 돌도 지나지 않은 아기를 처녀가 키운다는 것은 결코 쉬운 일이 아니다.

그럼에도 추적자들의 추적을 떨치기 위해 인적이 드문 현운사에서 숨어 지내며 자신을 희생하며 키운 것을 수한은 너무도 잘 알고 있다.

정말로 나은 정도 중요하지만 키운 정도 나은 정에 못지않다는 말이 딱 맞는 이야기다.

수한이 전생에 대마도사의 경지에 오르고, 천재적인 두뇌를 가지고 환생을 했다 하지만 아기일 때 잔병 하나 없이 건강하게만 자란 것은 아니었다.

아무리 똑똑한 아기라지만 아기는 아기다.

전생의 경지가 어찌 되었든 아기이고, 모든 면에서 약자일 수밖에 없다.

그렇다 보니 수한도 아기일 때는 감기나 홍역 등으로 고생을 했다.

그때마다 의붓어머니인 최성희는 정성을 다해 수한을 지극정성으로 돌봤다.

이런 기억을 가지고 있는 수한이니 최성희에게 느끼는 감정은 친어머니인 조미영에게 느끼는 감정과 다르지 않았다.

그러니 지금 자신을 보며 불안해하는 최성희를 달랠 필요가 있었다.

괜히 그냥 두었다가는 몇 날 며칠을 자신의 일로 고민을 할 것이란 것을 알기 때문이다.

"어머니 그렇게 걱정하지 않으셔도 돼요. 다만 요즘 벌어지고 있는 일이 심상치 않아 제가 직접 챙겨야 해서 스트레스를 좀 받아서 그래요."

어머니의 걱정을 덜어 줘야 한다고는 하지만, 세밀한 사정까지 알려 더욱 걱정을 끼칠 생각은 없었다. 그저 요즘 벌어지는 일 때문에 스트레스를 받았다고만 하였다.

그리고 자신이 직접 일을 챙겨야 해서 그런다는 말로 안심시켰다.

"그런 거야? 무슨 일인지는 모르지만 넌 똑똑한 아이이니 금방 해결책을 찾을 거야!"

"네! 어머니, 저 배고파요."

"그래, 어여 씻고 와. 엄마가 저녁 차려 줄게."

최성희가 주방으로 저녁 준비를 하러 가고 수한은 그런 최성희의 뒷모습을 잠시 보다 자신의 방으로 들어갔다.

달그락! 달그락!

"어머니!"

"응? 왜, 무슨 할 말이라도 있니?"

밥을 먹다 말고 수한이 자신을 부르자 최성희는 고개를 들어 수한의 얼굴을 쳐다보았다.

그런 의붓어머니를 보며 수한은 조금 전에 하다 만 이야기를 하였다.

"당분간 외국에 좀 나갔다 와야 할 거 같아요."

"외국?"

수한의 말에 최성희는 고개를 갸웃거렸다.

사업을 하다 보면 외국에 나갈 수도 있고, 또 친부모님이 캄보디아에 있으니 부모를 만나러 갔다 올 수도 있는 문제이다. 굳이 그것을 자신에게 말하는 것에 대해 의문이 들었다.

하지만 말을 하면서도 왠지 알 수 없는 불안감에 눈동자가 흔들렸다.

"무슨 일로 외국에 나가는 건데? 혹시……."

문득 이상한 기분에 빠진 최성희는 수한이 외국에 나가려는 일이 현재 한반도에 연관이 있는 것이란 예감이 들었다.

"예, 정보에 의하면 북한이 중국의 사주를 받아 무력 도발을 하려고 합니다. 그런데 중국은 그에 그치지 않고 휴전선 인근에 있는 북한군 사령관 중 자신들의 후원을 받고 있는 이들을 이용해 무력 도발 정도가 아니라 한반도 내에 전쟁을 힐책하려고 하고 있는 거 같아요."

수한은 현재 한반도 내 벌어지고 있는 긴박한 사정을 들려주었다.

최성희도 혜원을 양부로 받아들이며 그녀 또한 혜원이 수장으로 있던 한민족 수호 단체인 지킴이 회원으로 가입을 하였다.

지킴이 회원으로서, 그리고 수한을 양육하면서 자신의 전공인 심리학을 더욱 공부하였으며, 수한을 키우면서 아동 심리학 등 여러 분야를 공부하였다.

그런 것을 토대로 수한이 장성하고 나자 그걸 활용해 장학재단을 운영 중이었다.

아무튼 수한의 이야기를 들은 최성희는 뉴스에 나오는 것보다 사태가 심각함을 이제야 깨닫게 되었다.

그러면서 더욱 수한이 걱정이 되었다.

어느 순간부터 수한이 절대로 평범한 아이가 아님을 알게 된 최성희지만 그래도 불안한 것은 사실이었다.

양부인 혜원이 수한을 처음 본 날 전설의 전륜성황이라 불렀던 것이나 농담처럼 세상의 왕이 될 아이라 할 때도 그저 농담으로만 생각했다.

그러다 어느 날부터인가 수한이 산속에 들어가 따로 뭔가 궁리를 하다 돌아오는 것을 보면서 나날이 달라지는 모습에 수한이 정말로 양부가 하는 말처럼 그런 특별한 존재일 수도 있다는 생각을 하게 되었다.

어린아이일 때부터 이미 남다른 총명함을 가지고 있는 아들의 모습은 단순하게 천재라고만 판단하기에는 뭔가 말로 형언할 수 없는 현기(玄機)가 느껴졌기 때문이다.

아무튼 어려서부터 나라와 민족에 대한 걱정이 많았던 아들을 생각하면 아마도 이번에 직접 위험 속으로 뛰어들려고 한다는 것을 깨달았다.

그러한 사실을 깨달은 최성희는 그런 아들을 막을 수가 없었다.

자신도 고집하면 한 고집 하지만 아들은 자신보다 더했기 때문이었다.

한번 마음먹은 일은 꼭 해내고 말았다.

"알았다. 대신 약속 하나만 하고 가라!"

"무슨?"

최성희의 말에 수한은 잠시 눈을 동그랗게 뜨며 물었다.

그런 수한의 물음에 최성희는 진지한 표정으로 말을 하였다.

"무사히, 몸 건강하게 돌아오겠다고 약속 하나만 해 주고 가."

자신을 걱정하는 어머니의 말에 수한은 갑자기 목이 메어 왔다.

목이 메어 잠시 할 말을 잃은 수한은 잠시 말을 멈추고 최성희의 얼굴을 쳐다보았다.

자신이 아기일 때부터 이런 마음으로 자신을 돌봐 준 최성희의 마음을 다시 한 번 깨닫고 조용히 고개를 끄덕였다.

"알겠습니다. 꼭 무사히 다녀오겠습니다."

수한은 최성희의 곁으로 다가가 그녀의 손을 살며시 잡았다.

최성희는 수한이 갑자기 자신의 손을 잡자 왠지 어색해 손을 뺐다.

"어머! 얘가 안 하던 행동을 하고…… 어서 밥이나 먹고 올라가 쉬어라."

최성희는 수한의 갑작스런 행동에 당황해하였고, 그런 의붓어머니의 모습에 수한은 미소를 지었다.

8.
대통령과의 면담

파주 임진강 기슭의 장어구이 집.

평상시라면 몸보신을 위해 장어구이를 먹기 위해 많은 사람들이 줄을 서서 기다릴 정도로 장사가 잘되던 곳이었다.

그렇지만 불온한 소식으로 인해 손님들의 발걸음이 뚝 끊어져 파리만 날리고 있었다.

하루에도 수십 번 대북 방송이 들리는 곳이다 보니 웬만한 뉴스에는 눈 하나 깜박이지 않았겠지만, 이번 북한군의 휴전선 인근 전진 배치라는 악재는 그런 것이 무색하게 사람들의 발걸음을 뚝 끊게 만들었다.

그런데 어쩐 일인지 가게 문을 열자마자 전화로 예약 손님을 받았다.

더욱 놀라운 사실은 그 예약 손님이 80석 규모의 가게 전체를 예약한 것이다.

이 때문에 가게 주인은 오랜만에 맞는 엄청난 손님을 맞이하기 위해 일찍부터 준비를 하기 시작하였다.

다만 이상한 것은 80석이나 되는 자리를 모두 예약을 했으면서 준비하라고 시킨 음식의 량은 얼마 되지 않았다.

겨우 20인분 정도의 음식만 주문을 한 것이다.

그게 조금 의아하기는 하였지만 가게 주인에게 그것은 상관이 없었다.

이미 가게 전체를 예약하면서 하루 매상을 약속하였기 때문이다.

"어여 준비들 해! 곧 예약 손님이 오실 시간이야! 정필아! 넌 밖에 나가 혹시 손님이 오는지 지켜보고, 혹시 주차장에 이상이 없는지 살펴보고……."

장어구이 집 사장인 박정일은 동생 정필에게 예약 손님이 올 시간이 되었다고 말을 하며 길가에 나가 혹시 손님이 오면 안내를 하라고 내보냈다.

그러면서 아침에 청소를 한 주차장이 지저분하지 않을까? 걱정이 되어 그곳도 돌아보라는 이야기를 하였다.

"주차장은 이상 없어, 내가 조금 전에 나가 확인했어!"

마침 가게 안으로 들어서던 정일의 부인이 밖으로 나가는 정필을 향해 자신이 확인했다고 이야기를 하였다.

"알겠습니다. 형수님! 전 길가에 나가 있겠습니다."

"그러세요. 도련님!"

정일의 부인은 대답을 하고 주방으로 들어갔다.

정말로 요즘 같아서는 딱 죽고 싶었다.

남들은 번듯한 가게를 가지고 있다고 부러워하겠지만 그 것도 옛말이었다.

주변 경치 좋은 곳에는 자신의 가게보다 더 크고 화려하 게 꾸며 놓은 음식점들이 많았다.

사실 이 가게도 빚을 내 어렵게 장만한 가게였다.

그나마 음식 솜씨가 나쁘지 않아 그런대로 장사가 되어 은행 대출이자도 갚고 원금도 줄여 가고 있었는데, 썩을 놈 의 북한군의 무력 도발로 인해 휴전선과 가까운 이곳은 사 람들의 발길이 뚝 끊어지고 말았다.

다른 때라면 인근 부대에 면회를 온 가족들로 인해 간간 히 손님이라도 있었는데, 얼마 전 북한군이 휴전선 인근으 로 전진 배치가 되었다는 뉴스가 나가고 난 뒤 임진강 인근 지역 상권 전체가 정체되고 말았다.

손님이 있어야 경제가 돌아갈 것이 아닌가.

일반 손님커녕 영외 거주하는 군인들조차 없었다.

그러니 휴전선과 인접한 지역의 주민들은 하루하루가 좌불안석이었다.

일반 주민도 불안에 떨지만 박정일처럼 가게를 운영하는 사람들은 더욱 그랬다.

그러다 보니 이렇게 하루 매상을 책임지겠다며 예약을 한 손님을 아무렇게나 맞을 수가 없었다.

잠시 시간이 흐르고 가게 문이 열렸다.

"형님! 손님들 도착하십니다."

가게 밖 길가에 나가 예약 손님을 기다리던 정필이 가게 안으로 들어오며 소리쳤다.

그 소리가 신호가 된 것처럼 가게 안 카운터에 앉아 있던 정일이 일어나 가게 문을 활짝 열었고, 주방에서 찬을 준비하던 정일의 부인도 문 앞으로 나오며 옷매무새를 가다듬었다.

문 앞에 서서 손님 맞을 준비를 마치기 무섭게 검은 양복을 입은 사람들이 몰려오기 시작하였다.

"어서 오십시오."

"어서 오세요."

정일과 정필 그리고 이곳 가게 종업원들이 모두 나와 인사를 하였다.

하지만 검은 양복을 입은 사람들은 안으로 들어오는 것이 아니라 가게 앞에 좌우로 나눠 섰고, 일부는 가게 안을 살피기 시작하였다.

"이상 없습니다."

귀에 무전기를 낀 검은 양복의 사내들의 막강한 분위기에 정일과 그 가족들은 바짝 긴장을 하였다.

딱 봐도 평범하지 않은 모습을 보이는 검은 양복의 손님들의 행동에 겁이 덜컥 났다.

그러거나 말거나 곧 또 다른 사람들이 몰려들기 시작하였다.

라이프 메디텍의 보안대 부장인 리철명은 사전에 예약된 가게에 도착을 하였다.

부하 직원들을 먼저 보내 내부를 살피고 주변을 살폈다.

"이상 없습니다."

부하로부터 이상이 없다는 보고를 받은 리철명은 주차장

과 주변 일대에 보안대를 시켜 경계하게 하였다.

조금 뒤면 자신이 속한 라이프 메디텍의 실질적 오너인 수한이 도착을 할 것이고, 또 수한의 지인들이 도착을 할 것이기 때문이다.

사실 오늘 이곳은 자신의 은인인 수한이 속한 단체의 비밀 회합 장소로 정해진 곳이다.

원래 그 모임의 회합 장소는 지리산에 있는 한 암자가 정규 회합 장소였지만, 현재 모임의 수장인 수한이 이곳 파주의 연구소에 근무를 하는 바람에 회합 장소를 이곳으로 정했다.

그 때문에 라이프 메디텍 보안대의 행보가 바빠졌다.

리철명을 필두로 한 라이프 메디텍 보안대의 최우선 사항은 다른 것이 아니라 오너인 수한을 지키는 일이었다.

비록 몸은 라이프 메디텍에 매어 있지만 보안대에 속한 대원들 모두는 수한만을 추종하였다.

물론 이런 현상은 무척이나 비정상적인 모습이었지만 그 내막을 들여다보면 딱히 그렇지도 않았다.

라이프 메디텍의 보안대 대원들의 면면을 살펴보면, 그들 모두 한 가지 공통점이 있었다.

그 공통점이란 것은 다름 아닌 탈북자라는 것이다.

GREAT
그레이트 프리아
KOREA

아니, 그냥 일반 탈북자가 아니라 북한에 있을 당시에 북한군 특수부대에 속하는 부대 출신들이었다.

그 때문에 자유를 찾아 북한을 탈출을 하여 한국에 들어왔지만 한국에 쉽게 적응을 하지 못했다.

북한군 특수부대는 일반 북한 주민이나 북한군보다 더 강력한 사상 교육을 받았다.

세뇌에 가깝다고 말하는 우상화 교육을 더욱 강력하게 받은 이들이라 한국 정부도 이들의 탈북을 받아 주어도 쉽게 이들을 믿지 않았다.

그래서 일 년, 열두 달 감시자가 붙는다. 또 일부 인사들은 인간 흉기나 다름없으나 자본주의에 익숙하지 않은 이들을 속여 이득을 취하기도 하였다.

그 때문에 어렵게 살던 것을 수한이 모아 사람답게 살게 만들어 주었다.

그저 남한의 텔레비전에 나오는 사람들처럼 사람답게 살고 싶다는 생각에 가족들을 이끌고 북한을 탈출했지만 현실은 드라마와 같지 않았는데, 수한은 그런 자신들의 꿈을 이루어 주었다.

그러니 북한의 우상화 교육을 받았던 이들 보안대원들은 자신이 섬길 사람을 북한 지도자가 아닌 수한을 받들게 된 것이다.

그렇다 보니 이들에게는 수한의 안위에 관해선 그 무엇에 우선하는 것이 되었다.

"가시지요."

철명은 수한을 향해 그렇게 말을 하고 앞으로 걸었다.

혹시나 누군가 저격을 할 수도 있다는 생각에 수한보다 한걸음 앞서 주변을 살피며 걸었다.

그리고 수한 주변에는 철명 외에도 세 명이나 더 호위하며 걸었다.

한편 수한은 조금 과하다 생각했지만 리철명의 행동을 막지 않았다.

다른 때라면 이런 행동을 막았을 것이지만 오늘은 그렇지 않았다.

오늘 회합은 극도의 비밀을 요하기 때문이었다.

비록 지킴이라는 단체가 강력한 강제 수단을 가진 조직은 아니지만 천 년 가까이 어둠 속에서 민족을 수호하던 단체다.

그리고 각자 자신이 속한 분야에 어느 정도 위치를 가지고 있으니 외부에 얼굴이 많이 알려져 있다.

이런 점을 들어 그들이 누군가를 만난다고 하면 이슈가 될 것이 분명했다.

그러니 최대한 외부의 시선을 끌어서 좋은 것이 없기에 오늘 회합에 불청객이 끼지 않기 위해 최대한 조심을 하는 중이고 그래서 리철명의 행동을 막지 않는 것이다.

수한이 리철명의 안내를 받아 가게 안으로 들어가고, 시간차를 두고 승용차들이 주차장으로 들어왔다.

넓은 홀 가운데 자리만 사람 허리 높이의 칸막이가 자리하고 있어 마치 넓은 바다에 덩그러니 떠 있는 섬을 보는 듯하였다.

그렇게 칸막이로 막혀 있는 가운데 자리에만 손님이 있고 주변에는 빈 좌석들뿐이었지만 어느 누구도 그런 것을 신경 쓰지 않았다.

"불안한 시국에 회합 장소를 이런 곳으로 해서 죄송합니다."

수한은 자리에 앉은 사람들을 보며 고개를 숙이며 사과를 하였다.

"아닙니다. 그런데 무슨 일로 정규 회합 일정이 조금 남았는데, 저희를 소집한 것입니까?"

오늘 회합을 가지는 지킴이 회원들은 각 분야에 정상에 있는 이들로 동종 업계에 있는 회원들을 관리하는 간부진들이었다.

비록 강제는 하지 않지만 그렇다고 규정이 없는 것도 아니고 위계 질서가 없는 것이 아니다.

아니, 강제하지 않기 때문에 더욱 위아래의 규칙을 더욱 철저히 지킨다고 하는 것이 맞았다.

아무튼 젊은 회주인 수한이 고개를 숙이며 휴전선과 가까운 지역에서 긴급 회합을 가지게 된 것을 사과하자 간부들은 별일 아니라며 가볍게 넘겼다.

"사안이 급하니 바로 본론으로 들어가겠습니다."

수한의 말이 떨어지기 무섭게 간부들의 표정이 굳어지며 기장을 하였다.

사실 오랜 지킴이 수장으로 있던 혜원이 입적하고 차기 수장으로 수한이 지목되었다.

처음 수한의 나이가 어리다 보니 반발이 나올 수도 있었지만 간부진의 지지로 아무런 저항 없이 회주의 자리에 올랐다.

그만큼 지킴이 간부진은 일반 회원들에게 많은 지지를 받고 있으며 회주라도 독단적인 행동을 할 수는 없다.

그래서 이런 자리를 마련하였다.

물론 수한이 이들을 부른 것은 지킴이 전체에 대한 일로 부른 것은 아니었다.

그렇다고 지킴이와 아주 연관이 없는 일도 아니다.

오늘 이 자리는 회주인 자신이 당분간 국내에 있지 않을 것이기에 회주의 부재 시 국내를 조율할 이를 선출해야 하기 때문이었다.

"제가 긴급 회합을 가지려는 것은 이번 북한군의 휴전선 인근 부대의 전진 배치 상황을 해결하기 위해 모종의 일을 추진하려는 것 때문입니다."

"모종의 일이라면……."

라이프 메디텍 사장의 자리에 있는 조봉구가 모종의 일이 무엇인지 물었다.

"네, 이번 참에 보안대를 이용해 북한의 지도부를 처리하려고 합니다."

"아니?! 뭐라고요?"

"아니……."

"네?"

자리에 있는 간부들은 방금 수한의 말에 깜짝 놀랐다.

비록 북한이 치안 상태가 불안하고 내부적으로 불안정한 면은 있지만 국가는 국가다.

일개 단체가 어떻게 할 수 있는 곳이 아니다.

그런데 지금 수한이 북한 지도부를 도모하겠다는 말을 하는 것에 놀라지 않을 수가 없는 것이다.

수한의 너무도 황당한 말에 너무 놀란 간부진은 한동안 말을 하지 못했다.

그런 간부진을 보며 수한은 조용히 설명을 하기 시작하였다.

"사실 북한 정권이 전쟁을 하지 않으려 해도 이미 화살은 쏘아졌습니다. 북한군 내부 권력 구도도 복잡해 현 김장은 정권은 군부를 모두 휘어잡지 못했습니다. 비록 대규모 숙청을 통해 불만 세력을 많이 솎아 내긴 하였지만······."

수한은 북한군의 내부 사정에 대한 이야기를 하며 자신이 북한에 들어가 도모할 수밖에 없는 사정에 대하여 설명하였다.

"그런 상태에서 중국에 잘 보이기 위한 일부 북한군 장성들의 과잉 행동이 나올 수 있습니다. 그렇다고 국군이 대응을 하지 않을 수도 없는데, 현재 북한군과 국군의 전력을 비교하면 핵전력을 뺀 모든 면에서 국군이 월등히 우세합니다."

이야기를 하던 수한은 잠시 숨을 고른 뒤 다시 말을 이었다.

그런 수한의 이야기가 계속될수록 간부진도 수한의 말에 수긍을 할 수밖에 없었다.

이미 어느 정도 위치에 있는 사람들이기에 관련 분야가 아니더라도 충분히 알고 있는 내용들이었다.

지킴이 연례 회합에서도 들었던 내용이고, 또 각 분야 정점에 있다 보면 관련 분야가 아니더라도 연관된 인사들과 모임을 하게 됐다.

그렇게 모임에 한두 차례 참석을 하다 보면 자연스럽게 자신이 알지 못하던 정보도 들어오게 된다.

지킴이 회원들은 이런 모임에서 들은 정보를 간부들에게 보고를 하고 또 간부들은 연례 회합을 가질 때 여럿이 토론을 하며 정보를 주고받았다.

그러니 수한이 하는 이야기의 핵심을 금방 깨달을 수 있었다.

북한군 내부에서 불만 세력이나 중국에 선을 대고 있는 장성들이 이번 기회를 통해 생각하는 이상으로 과격하게 도발을 할 것이고, 국군이 이를 반격하게 되어 북한군이 수세에 몰리게 되었을 때, 조중 안보조약에 따라 중국이 참전을 한다는 이야기다.

비록 중국군이 대군이라고 하지만 대한민국 국군이 막아내지 못할 것도 없었다.

다만 외형적으로 280만 : 70만이라는 것과, 세계 2위와 세계 9위라는 군사력의 평가 때문에 약세로 보일지도 모른다. 하지만 그 질(質)을 들여다보면 대한민국 국군이 결코 약하지 않다는 것을 알 수 있다.

더욱이 대한민국 국군은 군현대화 작업으로 노후화 된 장비들을 전면 교체를 하고 있다.

통일이 된다면 중국군과 대응을 하는 육군에서는 오히려 국군이 우세하다.

다만 아직까지 편제가 완료되지 못한 해군이나 공군의 전력에서는 중국에 비해 약하다는 것이 흠이었다.

하지만 공군의 전력은 천하 디펜스에서 생산하는 휴대용 미사일 게이볼그나 신형 요격 미사일 낙일이 공급되고 있으니 충분히 막아 낼 수 있었다.

그러니 대한민국으로서 가장 신경이 쓰이는 건 바로 핵무기뿐이었다.

수한은 그런 핵무기를 무력화 시키는 것은 물론, 이번 기회를 이용해 휴전 상태인 한반도에 전쟁을 종식시키기로 결심했다.

자신이 북한에 비밀 작전을 할 동안 혹시라도 지금까지 준비한 것들이 수포로 돌아가지 않게 하기 위해 지킴이 간부들에게 부탁하는 자리를 마련한 것이다.

자신이 회장으로 있는 라이프 메디텍이야 사장으로 자리 하고 있는 조봉구가 지금처럼 운영하면 될 것이니 걱정이 없었다.

 다만 회주인 자신이 자리에 없기에 혹시나 내부적인 혼란 이 있을 수 있기에 미리 준비를 시키려는 것뿐이다.

 "무슨 소린지 잘 알겠습니다. 그럼 저희는 어떻게 하면 되겠습니까?"

 비록 수한의 나이가 어리다고 하지만, 한 단체의 수장이 고 자신들은 그런 수한을 뒷받침해야 하는 간부들이기에 수 한에게 존칭을 하며 물었다.

 "따로 뭘 하실 필요는 없습니다. 그저 지금처럼만 해 주 시면 됩니다. 전에 회합에서 했던 계획대로만 진행을 하시 면 됩니다. 여러분들이 진행하고 있는 일만 계획대로 마무 리 된다면 조국은 오 년 내에 그 누구도 무시할 수 없는 강 국이 될 것입니다."

 수한은 강력한 어조로 간부들에게 그동안 추진하고 있는 일을 그냥 수행하라고만 하였다.

 그것만 완성된다면 대한민국이 오 년 내에 강대국이 되어 세계 어느 나라도 함부로 할 수 없는 나라가 될 것이라 자신 했다.

그런 수한의 말에 간부들의 표정이 마치 꿈을 꾸는 것처럼 몽롱해지기 시작하였다.

이미 오래전 수한에게서 그가 생각하는 조국의 미래에 대한 청사진을 보았기 때문이다.

강력한 군사력으로 외부의 위협으로부터 안전한 나라, 인류를 선도하는 기술력으로 인정받는 나라, 그 무엇보다도 국민이 자랑스러워하는 나라, 세계인들이 존경하는 나라, 그리고 세계인들이 친구로서 믿을 수 있는 나라.

그런 나라가 되기 위한 비전을 보았고, 그것을 실천하기 위해 해야 할 일들에 대하여 방향을 알게 된 지킴이 간부들과 회원들이다.

"그리고 제가 북한에 간다고 해서 너무 걱정하지 마세요. 다들 제 실력은 잘 알고 계시겠지만 그것이 모든 것이라고 생각하시지는 마세요. 또 이번에는 보안대 전원이 저와 함께 갈 것이니 너무 심려하지 마십시오."

수한은 최종적으로 그렇게 선언을 하며 자신을 걱정하는 간부들의 우려를 종식시켰다.

사실 수한은 지금까지 그 누구에게도 자신의 능력 전부를 알리지 않았다.

고수는 실력의 삼 할을 숨긴다고 했던가. 하지만 수한은 일 할도 외부에 내보이지 않았다.

막말로 수한이 마법을 사용한다면 세상 어느 누구도 수한을 막을 수 없었다.

아니, 핵무기도 어쩌면 수한을 어쩌지 못할 것이다.

수한을 죽이기 위해 핵폭탄을 터뜨린다 하여도 마법을 이용해 텔레포트를 하면 충분히 피해 범위를 벗어날 수 있기 때문이다.

물론 범위가 큰 전략 핵미사일을 사용하면 어떻게 피할 것이냐고 할 수도 있을 것이다.

하지만 전략 핵미사일이란 것은 그 자리에서 바로 터지는 것이 아니다.

말 그대로 전략 핵미사일은 피해 범위가 큰 대신 발사하는 주체도 안전을 위해 먼 거리에서 발사를 한다.

최소 500㎞ 이상 떨어진 곳에서 발사를 해야 하는 것이다.

그렇다면 수한은 핵미사일이 날아올 동안 그 자리에 남아 있지는 않을 것이고, 핵미사일이 도달할 시간에 보다 먼 곳으로 이동을 할 것이다.

아니, 원거리 워프 마법을 이용해 대륙을 넘어갈 수도 있다.

물론 원거리 워프 마법을 사용하기 위해선 많은 에너지와 자원 그리고 시간이 필요하겠지만 그 정도 시간과 자원 에너지는 충분하다.

그러니 사실상 지구상에 수한을 위협할 만한 수단은 없는 것이나 마찬가지다.

이런 사실을 모르는 이 자리에 있는 지킴이 간부들은 괜한 걱정을 하고 있는 것이다.

"참, 석원 아저씨."

"예? 말씀하십시오, 회주."

김석원은 자신을 부르는 수한을 보며 말을 하였다.

그런 석원을 보며 수한은 조용히 말을 하였다.

"대통령을 만나게 해 주십시오."

"대통령을 말입니까?"

"예, 이번 작전을 위해선 대통령의 도움이 필요합니다."

수한은 이번 북한에 침투하여 북한 지도부를 정리하는 일에 대통령의 도움이 절실했다.

도움이 없다고 해서 계획한 일을 하지 못할 것도 없지만, 어떻게 상황이 변할지 모른다. 이왕이면 빠르게 상황을 해결하는 것이 좋겠다는 판단에 대통령의 도움을 받기로 한 것이다.

"알겠습니다."

지킴이의 간부이지만 공식적으로 김석원의 정체는 국정원 5국 국장이다.

한때 대선에 개입한 사실이 언론에 들통이 나면서 위상이 꺾이기는 했지만, 정권이 바뀌면서 새롭게 개편된 국정원은 국가와 국민을 위해 일을 하고 있었다.

그런 곳의 국장의 위치까지 오른 김석원이기에 그가 나선다면 충분히 수한을 대통령과 만나게 해 줄 수 있었다.

물론 할아버지인 정대한 회장을 통해서도 대통령과 면담을 할 수 있지만, 경제인인 할아버지를 동원하는 것과 국가에 녹을 먹고 있는 김석원을 통해 면담을 추진하는 것은 그 무게가 다르다.

더욱이 대통령에게 하려는 요청은 비밀이 요구되는 것이다. 경제인인 할아버지를 통하는 것보단 국정원 국장인 김석원을 통해 면담을 가지는 것이 보안을 유지하는 데 용이했다.

청와대 대통령 집무실.

대통령 집무실은 북한군 휴전선 인근 전진 배치로 인해 연일 안보회의를 하느라 밤낮이 없었다.

똑! 똑!

노크 소리가 들리고 누군가 조용히 문을 열고 안으로 들어와 안보회의를 하고 있는 김세진 국정원장의 뒤로 돌아가 귓속말을 하고 나갔다.

"각하, 잠시 나갔다 오겠습니다."

"알겠습니다. 우리도 20분간 회의를 중단하고 쉬었다 다시 논의하기로 하지요."

윤재인 대통령은 김세진 국정원장의 말에 그렇지 않아도 계속되는 회의로 인해 피로가 몰려오자 잠시 회의를 멈추기로 하였다.

"감사합니다."

대통령의 말에 감사의 말을 하고 김세진 국정원장은 빠른 걸음으로 집무실 밖으로 나갔다.

밖으로 나온 김세진은 조금 전 자신을 부른 국정원 요원을 보며 손을 내밀었다.

그러자 요원은 다른 요원이 들고 있던 전화기를 받아 김세진에게 넘겼다.

"원장이다. 무슨 일인가?"

김세진은 자신에게 긴급으로 전화를 한 김석원이 무슨 일로 회의 중에 급하게 찾는 것인지 의아했다.

국정원 5국 국장인 그가 극비로 할 정도라면 결코 가벼운 내용이 아닐 것이란 생각을 하며 말하기를 기다렸다.

혹시 한반도 사정이 금방이라도 전쟁이 날 것처럼 바뀌자 주변국에서 새로운 정보가 들어온 건 아닌가 하는 생각마저 들었다.

새로운 정보가 들어왔다면 대한민국으로서는 좋은 일이다.

좋은 소식이건 나쁜 소식이건 빠르고 정확한 정보라면 그에 맞춰 대응을 할 수 있는 것이니 나쁠 게 없었다.

하지만 그런 김세진 원장의 생각과 다르게 전화상으로 들려온 김석원 국장의 말은 다른 내용이었다.

"음, 정 박사가 각하와 면담을 요청했다는 말인가?"

―예, 그렇습니다. 안보와 관련된 내용이라고 했습니다. 그리고 잘하면 이번 사태를 한 번에 해결할 수도 있다고 했습니다.

김석원의 말을 들은 김세진 원장은 잠시 말을 하지 않고 머릿속으로 생각을 정리하였다.

김세진도 정수한이라는 사람을 본 기억이 있다.

천하 그룹 정대한 회장의 손자이며 물리, 화학은 물론이고 여섯 개나 되는 박사 학위를 가지고 있으면 아이큐 테스터로도 그 지능을 측정할 수 없다는 판정을 받은 유일한 사람이 바로 정수한 박사였다.

그 능력도 유감없이 발휘되었는데, 이론상으로만 가능했던 플라즈마 실드 기술을 세계 최초로 실용화 한 사람이기도 했으며, 대한민국 국군의 장비들을 현대화 하는 데 이바지하기도 하였다.

그뿐 아니라 자원해서 군복무를 하기도 했다.

비록 직접 총을 들진 않았지만, 연관 기관에 들어가 대체복무를 하였는데, 이때도 능력을 발휘하여 대한민국 국군의 전력 향상에 큰 공을 세웠다.

상대적으로 주변국의 전투기들에 비해 열세였던 공군 전투기들의 성능을 업그레이드 시켰다.

공군이 보유한 전투기들의 능력치가 워낙 낮았기에 그 한계가 분명했지만, 그래도 기존 능력보다 월등히 향상되었기에 몇 년은 더 대한민국 상공을 지킬 수 있게 되었다.

그뿐 아니라 휴대용 미사일이나 비싼 요격 미사일 등을 개발하고, 또 국방부에서 추진하던 재래식 무기 업그레이드 프로젝트를 성공적으로 마친 장본인이기도 했다.

이렇듯 대한민국 공무원으로서 김세진은 정수한 박사에게

존경의 염을 가지고 있었다.

그가 비록 나이는 어리지만 그가 이룩한 것만 따지면 건국 이래 그 누구와도 비교 불가의 존재라 생각하였다.

그런 존재가 지금 대통령과 면담을 요청한 것이다.

더욱이 현재 정부가 어떤 상황에 처해 있는지 잘 알고 있으면서 이런 시기에 면담을 요청하며 현 상황을 떨쳐 낼 수 있다고 자신한다는 것에 김세진은 뭔가 기대감을 가지게 만들었다.

사실 다른 누군가 이런 말을 했다면 아무리 국정원 5국장인 김석원이 전화를 했다고 해도 용서하지 않았을 것이다.

하지만 그 말을 한 사람이 정수한 박사라고 하니 농담으로 들리지 않았다.

"알았다. 내 각하께 말씀을 드려 시간을 내보도록 할 터이니 자넨 정수한 박사와 함께 청와대로 들어오도록 하게."

—알겠습니다. 1시간 뒤에 뵙겠습니다.

"알겠다."

통화를 마친 김세진 원장은 전화기를 다시 넘기고 집무실로 들어갔다.

집무실 안으로 들어간 김세진은 휴식을 취하고 있던 대통령의 곁으로 다가갔다.

급한 일로 밖에 나갔던 김세진 국정원장이 자신의 곁으로 다가오자 윤재인 대통령은 고개를 돌려 그를 쳐다보았다.

"무슨 일인가?"

조용한 어조로 물었다.

비록 작은 목소리였지만 그런 대통령의 말소리가 집무실 안을 울리고 안에 있던 모든 사람들의 시선이 김세진 국정원장에게로 집중되었다.

너무도 긴박한 상황이라 정보를 다루는 국정원장이 대통령에게 보고를 하려는 모습을 보자 집중을 하지 않을 수가 없었다.

뭔가 새로운 소식이 있을 것을 기대하며 쳐다보았는데, 외부에 알려져 좋을 것이 없기에 김세진 국정원장은 대통령에게 귓속말로 조금 전 김석원 5국장에게서 온 전화의 내용을 들려주었다.

"각하, 조금 전 김석원 5국장에게서 전화가 왔습니다. 그가 전하기를 정수한 박사가 각하와 긴히 할 이야기가 있다고 합니다."

"네? 그게 무슨 소립니까? 지금 상황이 어떤지 잘 알면서 그럽니까?"

혹시나 새로운 정보가 있나 귀를 기울이던 윤재인 대통령은 한반도에 전쟁이 발발할지도 모르는 상황인데, 수한이 면담 요청을 했다는 말에 심기가 불편해졌다.

평소라면 별거 아닌 이야기였지만 현 상황이 그렇지 못했다.

더욱이 연일 계속되는 대책 회의를 하다 보니 알게 모르게 스트레스가 이만저만이 아니었다.

그런 상황에서 현 상황을 타파할 정보도 아니고, 일반인이 대통령에게 면담을 요청하는 상황이 결코 좋게 받아들일 수가 없었다.

대통령의 이런 반응에 김세진 국정원장도 그리 기분은 좋지 못했지만 자신은 어차피 이야기를 전달하는 입장이라 다시 한 번 말을 이었다.

"뭔가 이번 일과 관계해 할 이야기가 있는 듯합니다."

조금 전 화를 냈던 윤재인 대통령은 잠시 심호흡을 하고 대답을 하였다.

사실 그도 화를 내고 난 뒤 조금 후회가 되었다.

지금은 누군가에게 화를 낼 때가 아니라 냉정하게 판단을 할 때였다.

그런데 자신을 지지하는 국정원장에게 화를 낸 것이 너무도 미안했다.

"이거 내가 성급하게 화를 내 미안하네."

"아닙니다."

김세진 국정원장은 바로 사과를 하는 윤재인 대통령의 말에 기분을 풀고 대답을 하였다.

"그런데 정수한 박사가 무슨 이유로 날 보자고 하는 것인지 짐작 가는 것이라도 있나?"

대통령은 조금 전 수한이 면담을 요청했다는 이야기를 다시 한 번 생각을 하더니 고개를 갸웃거리며 질문을 하였다.

주변에 있던 NSC(국가안전보장회의)위원들은 윤재인 대통령의 말을 듣고 조금 전 국정원장이 무슨 일로 밖에 나갔는지 알 수가 있었다.

그런데 그들은 무슨 일로 일반인인 정수한이 대통령을 만나려는 것인지 이해할 수가 없었다.

대통령의 질문을 받은 김세진이나 다른 위원들도 어느 누구 하나 바로 대답을 할 수가 없었다.

그들 모두 수한이 무엇 때문에 이런 비상시국에 대통령과 면담을 요청했는지 전혀 짐작할 수가 없었기 때문이다.

이렇게 NSC위원들과 대통령이 수한이 면담 요청을 한 이유에 대하여 생각을 하고 있을 때 시간은 흘러 수한은 김석원의 차를 타고 청와대에 도착을 하였다.

　　　　◆　　　◆　　　◆

　대통령 집무실에는 조금 전까지 회의를 하던 NSC위원들은 모두 자리를 비우고 대통령과 김세진 국정원장만 자리하고 있었다.

　수한을 안내한 길성준 비서실장은 수한과 김석원을 안내하고 바로 자리를 벗어났다.

　연일 계속되는 회의로 피곤했기에 잠시 눈을 붙이려고 자리를 비운 것이다.

　원래라면 대통령 비서실장이기에 그의 곁에 있어야 하지만 단독 면담이었기에 자리를 비워 준 것이다.

　길성준 비서실장이 자리를 비울 때 수한과 함께 온 김석원도 대통령 집무실에 들어가지 않고 그 앞에서 수한과 헤어졌다.

　혼자 대통령 집무실 안으로 들어온 수한은 대통령에게 인사를 하였고 그런 수한의 모습을 본 대통령도 그런 수한은 맞았다.

　"어서 오시오."

　"대통령님, 급작스럽게 면담을 요청을 드린 것에 정말로 죄송하게 생각합니다."

수한은 먼저 사과를 한 뒤 바로 본론으로 들어갔다.

그런 수한의 행동에 대통령이나 국정원장은 눈빛을 빛냈다.

원칙대로라면 이 자리에 국정원장은 빠져 줘야 할 것이지만, 현 상황이 상황인지라 국정원장은 특별히 남아 있던 것이다.

그리고 수한도 그런 정황을 알기에 국정원장이 자리에 남아 있는 것에 아무런 이의를 표하지 않았다.

더욱이 국정원장을 통해 대통령과 면담 자리를 가지게 되었기에 더욱 그러하였다.

"그래, 무슨 일로 면담 요청을 한 것이오?"

"예, 다름이 아니라 현 상황을 빠르게 정리할 필요가 있기에 직접 나서게 되었습니다."

"그건 또 무슨 말이오? 혹시 이번 사태에 대해 뭔가 아는 것이라도 있는 것인가?"

수한의 말을 들은 국정원장은 결례인 것을 알지만 뭔가 이번 사태와 관련해 알고 있는 것만 같았기에 급하게 나서서 물어본 것이다.

그런 김세진 국정원장의 모습에 잠시 그에게 시선을 주었던 수한은 다시 윤재인 대통령에게 시선을 집중하고 대답을

GREAT
KOREA
그레이트 코리아

하였다.

"사실 이번 북한군의 움직임은 전적으로 중국의 사주를 받았기 때문에 벌어진 것입니다. 그리고 북한이 도발을 하고 우리 국군이 대응을 하면 중국의 조중 방위조약을 들어 참전을 한다는 방침을 가지고 있습니다. 또……."

수한은 자신이 알고 있는 정보를 가감 없이 그대로 대통령에게 들려주었다.

일개 연구원이 알고 있는 정보라 하기에 너무도 어머어마한 내용인지라 100% 믿을 수는 없었지만, 대통령이나 국정원장으로서 들어오는 정보를 종합해 보면 얼추 비슷한 맥락으로 흘러가고 있음을 알 수 있었다.

더욱이 수한은 이야기를 뒷받침해 주고 있는 정보로 북한에 중국이 식량과 연료뿐 아니라 전투기와 미사일 등이 들어갔음을 전했다.

그리고 휴전선 인근에서는 남북 간에 소규모 교전이 벌어지기도 했기에 대통령이나 국정원장은 수한의 말을 믿을 수밖에 없었다.

"더욱이 한미 수호 조약으로 인해 한반도에 전쟁이 발발하면 주한미군이 적극 개입을 해야 함에도, 현재 주미 대사나 주한미군 사령관은 북한의 정보를 통제하는 한편 자국민을 출국을 시키고 있습니다. 이미 주한미군의 가족들과 행정병의 대부분은 한국을 빠져나가 오키나와에 있는 미군기지로 이주를 하였다고 합니다."

계속되는 수한의 말에 윤재인 대통령은 뒤통수를 한 대 얻어맞은 것만 같은 느낌을 받았다.

비록 전시 작전권을 돌려받아 예전과 같이 끈끈한 관계는 아니지만 아직도 동맹을 맺고 있는 미국이 한국에 그런 정보를 숨겼을 것이라고는 생각도 하지 못했다.

설마 자국민을 자신들 모르게 출국시키고 있을 것이라고는 짐작도 못했던 윤재인 대통령이나 김세진 국정원장은 큰 배신감을 느꼈다.

사실 플라즈마 실드 발생 장치도 아직은 국외로 반출하지 않을 생각이었다.

국군에도 모두 보급하지 않았는데, 다운그레이드 된 제품이 나왔다고 바로 미국과 수출 계약을 한 것에는 한국과 미국의 동맹이라는 것과 그동안 미국으로 인해 많은 도움을 받았기에 결정을 내린 것이었다.

물론 그 과정에서 많은 이득을 한국이 보기는 했다.

그렇지만 그래도 이건 아니었다. 동맹국에 전쟁이 벌어질지도 모른다는 정보를 취득하고 알리지 않았다는 것은 배신 행위다.

미국의 배신 행위에 분노하는 한편 김세진 국정원장은 이런 정보를 수한이 알고 있다는 것에 놀람을 감추지 못했다.

"그래서 전 하루라도 이런 상황을 해결할 방법으로 북한 수뇌부를 제거하기로 결정하였습니다."

거듭되는 수한의 폭탄선언에 윤재인 대통령이나 김세진 국정원장은 할 말을 잊었다.

"……그게 가능하겠나?"

"그게 가능한 이야기인가?"

윤재인 대통령이나 김세진 국정원장은 누가 먼저라고 할 수 없을 정도로 동시에 그렇게 물었다.

하지만 두 사람의 질문을 받은 수한은 너무도 담담하게 대답을 하였다.

"가능합니다. 라이프 메디텍의 보안대와 SA대원들이라면 충분히 가능하다고 봅니다."

수한은 라이프 메디텍의 보안대와 대통령 직속 특수부대인 SA라면 충분히 자신이 계획한 일을 할 수 있다고 자신했다.

물론 SA대원들이 없다고 해도 충분했지만 대통령을 만나는 자리에서 그런 것을 겉으로 드러내 봐야 좋을 것이 없었기에 SA대원도 언급을 한 것이다.

"SA부대와 라이프 메디텍의 보안대라……."

윤재인 대통령은 조용히 혼자 방금 전 수한이 언급한 두 집단을 떠올렸다.

라이프 메디텍의 보안대야 보지 못했기에 어떤 능력을 가지고 있는지 자세하게는 알지 못하지만 SA부대만큼은 누구보다 잘 알고 있었다.

라이프 메디텍 보안대에 위탁 교육을 받은 그들의 능력은 인간의 범주를 벗어난 것이었다.

이전에도 초인이라 불리기에 부끄럽지 않은 능력들을 가지고 있었다.

하지만 위탁교육을 받고 돌아온 SA대원들은 일당백이 아닌 일기당천, 만부부당이었다.

더욱이 라이프 메디텍에서 SA부대에 보급한 보급품을 모두 갖춘 상태에서는 사단 병력이 나서도 상대가 되지 않을 정도로 막강했다.

비록 이들의 숫자는 얼마 되지 않았지만 만약 이들이 북한으로 침투를 한다면 수한의 말대로 될 수도 있다는 생각이 들었다.

'아! 내가 왜 그 생각을 하지 못했을까?'

윤재인 대통령이나 김세진 국정원장은 수한의 이야기를

듣고 그제야 SA부대가 생각이 났다.

북한의 움직임이 너무도 전격적이라 군대를 동원해 막을 생각만 했지 특수부대를 활용할 생각을 하지 못했던 것이다.

"SA부대를 북한의 자살 특공대가 있는 원산에 침투하여 핵배낭 부대를 제거하고, 라이프 메디텍 보안대는 평양으로 침투해 북한 지도부를 처리한다면 이번 사태를 무사히 마무리 할 수 있을 것입니다."

수한은 자신의 계획을 말해 주었다.

그런 수한의 이야기를 들은 대통령과 국정원장은 수한의 계획이 어느 정도 가능성이 있다고 판단을 내렸다.

특히나 라이프 메디텍의 보안대의 능력을 SA부대장인 수용에게서 그들의 능력에 대해 어느 정도 들었기에 충분히 가능성이 있는 작전 같았다.

"그런데 그러기 위해선 해군의 도움이 필요합니다."

수한은 자신의 계획을 실현하기 위해선 해군의 도움이 필요하다는 말을 하였다.

"해군의 도움이 필요하다는 말입니까?"

"예, 육로를 통해 북한에 침투한다면 많은 시간이 필요합니다. 그렇게 된다면 언제 어떤 변수가 작용할지 모르는 일입니다. 이 일은 최대한 빠르게 진행이 되어야 합니다. 만약 중국이나 북한이 현재 주한미군이 하고 있는 행동을 알기라도 한다면 어떤 상황이 벌어질지 모르는 일입니다. 자칫 미국이 한국을 버렸다고 판단하고 정말로 남침을 할지도 모르는 일입니다."

수한은 정말로 상황이 어떻게 바뀔지 몰라 걱정이 태산이었다.

정말로 자신이 생각한 최악의 상황이 벌어질지도 모르는 일이기에 최대한 빠르게 북한에 침투하여 위협이 되는 북한의 핵배낭 부대는 물론이고 핵미사일 부대와 그곳에 명령을 내릴 수 있는 북한 지도부를 처리하고 싶었다.

그런 수한의 내심도 모르고 방금 전 수한이 한 최악의 상황을 머릿속에 그려 본 윤재인 대통령이나 김세진 국정원장은 머릿속에 그려진 조국의 최후에 얼굴이 하얗게 질려 갔다.

〈『그레이트 코리아』 제9권에서 계속〉

GREAT
그레이트 코리아
NOREA